LABYRINTHES

Née en 1960 à Hong-Kong d'un père architecte et d'une mère maître verrier, Viviane Moore devient photographe à 19 ans, puis journaliste free-lance avant de se consacrer à plein temps à l'écriture. Elle est l'auteur de nombreux romans noirs, médiévaux et contemporains, ainsi que d'un livre d'anticipation. Membre de la Société des Gens de Lettres et de la fameuse Crime Writers Association, elle vit aujourd'hui à La Rochelle.

DU MÊME AUTEUR

COLLECTION LABYRINTHES

BLEU SANG
NOIR ROMAN
ROUGE SOMBRE
BLANC CHEMIN
JAUNE SABLE
VERT-DE-GRIS

EN GRAND FORMAT

LA COULEUR DE L'ARCHANGE
LES OISEAUX DE RHIANNON
FAUVE
ILIANDAY

COLLECTION NOIRES RACINES

INTRAMUROS

ÉDITIONS FLAMMARION

TOKYO DES TÉNÈBRES

Viviane Moore

Par le feu

ÉDITIONS DU MASQUE
17, rue Jacob – 75006 Paris

À toi, mon très aimé,
ce long récit venu des Îles au Nord du Monde...

Île aux phoques
BAIE DE HURLOUGH
ULSTER
Lough Neagh
Emain Macha
Clogher Oir
CONNAUGHT
MEATH
Tara
Lough Ree
Clonmacnoise
Aran
LEINSTER
Cashel
MUNSTER
N
20 Km
20 miles

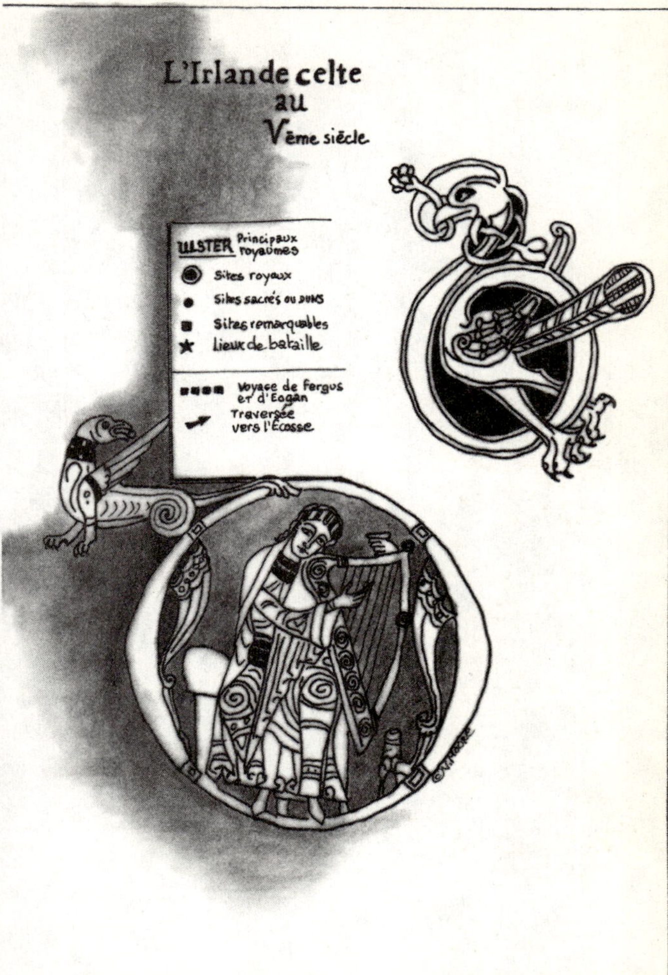

L'Irlande celte
au
Vème siècle
ULSTER Principaux royaumes
Sites royaux
Sites sacrés ou DUNS
Sites remarquables
lieux de bataille
Voyage de Fergus et d'Eogan
Traversée vers l'Écosse

Au lecteur qui ouvre ces pages,

Vous êtes sur le seuil d'une histoire oubliée, dans un monde, celui des Celtes, différent de tout ce que vous connaissez.

Nous sommes en Irlande, en 420, le siècle « perdu » des historiens, un siècle de batailles, sans autre mémoire que celle gravée dans la roche et le bois.

Un âge où les anciens dieux, les Tuatha de Danann, sont omniprésents, où toute eau, lac, rivière et étang, mène au Sid, l'au-delà des Celtes ; où les fêtes sacerdotales ont pour nom Belteine, Lugnasad et Samain. Un siècle bouleversé par l'arrivée des premiers Chrétiens et de saint Patrick.

En ce temps-là, alors que l'empire romain bascule et que les légions refluent vers Rome, l'Irlande est partagée en cinq royaumes : Meath, le royaume du Milieu, siège de la royauté suprême, l'Ulster, le Connaught, le Munster, et le Leinster. Dans chacun d'eux sont érigés des sanctuaires, lieux divins, lieux de pouvoir et passages vers le Sid.

Tous les hommes d'Irlande, du guerrier au chef de clan, jusqu'au plus puissant des princes font allégeance au Haut-Roi du Meath et reconnaissent la sagesse de ceux qui maintiennent la paix : druides et druidesses, descendants du Dagda, le dieu-druide, maître des éléments et du savoir.

La porte est entrebâillée *...

---

* *Le lecteur trouvera en fin de volume plusieurs annexes pour le guider dans cette exploration du monde celte.*

PROLOGUE

Au début était le rêve.

Il m'avait ouvert les yeux et sans doute les fermerait-il. Je le savais, je l'ai toujours su, la vie était rêve plus que vie.

Chaque nuit, il m'enlevait à moi-même, me laissant à l'aube pas vraiment sûr d'être à Tara et non point ailleurs, en un lieu connu de Lug et de lui seul.

Au début du rêve était la lande.

Mauve, hérissée de blocs de pierre, cernée de nuées noires que transperçait parfois un trait de lumière.

Peut-être cette lande n'existait-elle que dans mon rêve ? Peut-être attendait-elle quelque part que je la trouve ?

Ensuite, venaient les chevaux.

J'entendais leur galop furieux, je sentais la terre trembler sous mes pieds. Ils apparaissaient enfin tout proches et loin à la fois, sauvages et fous, blancs comme plumage de cygne, luisants de sueur.

Les rêves sont les rêves, ils vous portent là où ils veulent d'un lieu à l'autre, d'une vie à l'autre, de celle de l'homme à celle de la bête.

J'étais maintenant au bord d'un marécage et mon cœur cognait dans ma poitrine.

De longues écharpes de lichens pendaient de troncs blêmes et pourrissants. Sur l'étendue noirâtre, flottaient des lambeaux de brume et, par endroits, des bulles montaient des profondeurs, témoignant d'une présence maléfique tapie sous la fange.

Les rêves sont les rêves, et dans celui-là, je ne faisais que voir et entendre. Je n'étais rien de moins ni de plus qu'une fougère ou un caillou.

Devant moi, se dressaient trois hommes. Deux d'entre eux, des guerriers aux tuniques de cuir, maintenaient fermement une toute jeune femme par les bras. Le troisième, enveloppé du manteau blanc brillant à bordure d'argent des druides, s'était arrêté aux berges du marécage et regardait droit devant lui.

Enfin, après un long moment, il se tourna et d'un geste de sa baguette de bronze fit signe de lâcher la prisonnière.

Celle-ci n'essaya pas de s'enfuir. Bien au contraire, elle se redressa et je vis le mince torque d'or à son col, sa tunique mouchetée et ses pieds nus. Elle était fort belle avec son visage laiteux, ses lèvres de corail et sa chevelure blonde descendant aux chevilles.

Fort belle et fière.

Ce qui allait suivre serait terrible. Je le savais aussi sûrement que je répétais mon nom, essayant de conjurer le sort, mais ici, dans le rêve, je n'étais pas Eogan, je n'étais rien de plus ni de moins qu'une fougère ou un caillou.

Je savais qu'elle allait manger des noisettes broyées et qu'ensuite...

C'est juste à ce moment-là qu'elle parut comprendre ce qui l'attendait et qu'elle leva vers moi ses yeux noirs pailletés d'or.

Le reste s'effaça devant ce regard qui assaillait mon rêve et clamait vengeance.

Puis d'un coup, elle se détourna et tout revint, les longues écharpes de lichens, les troncs blêmes et pourrissants, les bulles qui montaient des profondeurs.

Elle avait ôté sa tunique et s'était retrouvée nue, si rayonnante avec son corps de neige qu'elle sembla plus forte qu'eux tous et que pendant un instant, un court instant, je crus qu'elle échapperait à la mort.

Mais j'avais tant et tant de fois rêvé ce rêve, tant de fois essayé d'en sortir ou de le changer.

En vain.

J'entendis la voix forte du druide et la parole de condamnation. Tout était scellé. Les guerriers empoignèrent la captive dont les yeux s'étaient agrandis de terreur.

Ils la traînèrent par les cheveux au bord du marécage, la couchèrent, et l'attachèrent avec d'épaisses courroies de cuir au cou, aux poignets et aux chevilles sur un treillage de branches.

Elle ne pouvait plus bouger. Une seconde grille de bois la recouvrit qu'ils nouèrent à la première, elle était enserrée comme animal en cage.

Le druide était au-dessus d'elle, son regard plongé dans le sien : « *Je suis vent sur la mer,* fit-il d'une voix grave, *vague de l'océan, vautour sur le rocher, goutte de rosée... Je suis la pointe d'une arme.* »

Les guerriers firent glisser la cage sur la boue où elle flotta, jusqu'à ce que l'un d'eux pose un tronc, puis une à une, de lourdes pierres. Alors, elle commença à s'enfoncer, lentement, inexorablement, la fange engloutissant la chevelure blonde, puis montant à la bouche, aux narines, aux yeux...

Le druide disparut entre les troncs blêmes et pourrissants.

Sur l'étendue noirâtre, flottaient des lambeaux de brume et, par endroits, des bulles montaient des profondeurs, témoignant d'une présence maléfique tapie sous la fange.

Je suis corbeau au-dessus des marais...

Chapitre 1

« Une question, ô jeune homme d'instruction,
d'où es-tu venu ?

— Ce n'est pas difficile :
du talon d'un sage, c'est-à-dire du voisinage d'un sage,
d'un confluent de sagesse,
de perfections de bonté,
du brillant du soleil levant,
des noisetiers,
de l'art poétique (...)

Imacallam in da Thuaraid
Le dialogue des deux sages
Traduction Christian-J. Guyonvarc'h

1

Sans doute, ce matin-là, Fergus le Rouge aurait-il dû guetter les signes, observer la forme des nuages, le vol des oiseaux ?

Sans doute, aurait-il su alors ce qui allait arriver. Il aurait lu son destin dans la chute brutale de l'étalon, dans ses membres rompus, dans ses hennissements de douleur et l'éclair du couteau qui lui ôtait la vie. Présage de mort annoncé dans le sang qui rougissait l'herbe et que buvait la terre.

Sans doute aurait-il vu aussi le voyage qui l'attendait dans le vol brisé des cygnes blancs qui survolaient Tara ce matin-là ? Sans doute...

Mais Fergus ne pensait qu'à boire et à goûter la beauté du monde sans songer à l'interpréter.

2

Depuis deux jours déjà, Belteine, la fête du feu, incendiait les collines de Tara et d'Uisnech, les teintant de reflets pourpres. Belteine, et le vent qui charrie des odeurs de résine.

Belteine et les mugissements affolés des taureaux

que les bergers conduisent au chemin de feu et l'appel des trompes aux portes du palais du Haut Roi. Belteine et ses courses de chevaux, les cris des cavaliers debout sur le garrot de leur bête, et celui des guerriers des cinq royaumes d'Irlande. Et l'hydromel épais, couleur de miel, couleur de soleil qui coule dans les cornes à boire. Belteine.

3

Dans les prés entourant Tara, claquent au vent les toiles multicolores des marchands et des artisans.

Partout dans la plaine, des étals et des cercles formés de chariots et de charrettes à bras.

Des camps où s'échangent des rouleaux de tissus chatoyants ; des chaudrons, des vases de céramique, des fibules et des torques de cuivre, de bronze, d'argent ou d'or, rehaussés de corail ; des pierres multicolores ; des boucliers, des lances, des couteaux, des épées aux fourreaux si finement ouvragés qu'on les croirait venus du monde souterrain des Tuatha de Danann...

Non, Fergus n'avait rien vu arriver.

4

Une voix l'arracha pourtant à ses rêveries, celle d'Eogan, son frère de sang. Eogan, que d'aucuns appelaient le Sombre. Plus grand que lui d'une coudée, aussi mince et souple qu'il était solide et lourd. D'une beauté que nul à Tara n'égalait. Le teint chaque jour plus pâle, le front haut couronné de boucles noires, les yeux gris ombrés par la brume des prédictions. À la fois jeune et vénérable, ne ressemblant à aucun.

— Te voilà ! s'écria Eogan. Où étais-tu ? Je ne t'ai guère vu pendant ces deux nuits.

Fergus le Rouge ne savait pas mentir :

— Une femme m'a pris en grande amitié, avoua-t-il, les yeux encore emplis de la douceur de ses nuits. J'ai bu sa bière, dormi contre son flanc, sa peau était blanche et tiède comme du lait...

Il s'arrêta net, en remarquant l'épée que son ami avait glissée à son baudrier, sa besace et sa longue cape de voyage.

— Mais toi-même Eogan ? Que viens-tu m'annoncer ?

— Rien, Fergus, juste que mon père et Deirdre nous attendent au chemin de feu.

— Eh bien, rejoignons-les ! Je me sens aussi vigoureux qu'un jeune taureau.

Mais son ami avait déjà fait demi-tour, se frayant un passage à travers la foule.

— Pourquoi cette tenue ? insista le Rouge en le rattrapant.

Eogan s'arrêta brusquement, la bouche marquée d'un pli amer. Puis, il parla si bas que son compagnon eut peine à le comprendre :

— Le changement approche. Et aveugle et fou,

celui qui ne s'en rend pas compte. Il n'est nulle question de joie dans les temps à venir.

Fergus haussa les épaules, davantage pour masquer l'angoisse que la prophétie lui faisait monter à la gorge que par bravade.

Il montra d'un geste large la colline sacrée avec ses trois enceintes de pierre, le fort, le palais du roi de Tara, la foire où affluaient piétons, chariots et troupeaux, la longue ligne des cavaliers s'entraînant pour la course, la fournaise enfin, qui embrasait le ciel.

— Tara ne change pas, affirma-t-il avec force. Tara sera toujours !

Alors, si rapidement que Fergus fut seul à le voir, Eogan fit le geste de l'*Imbas Forosnai*, la science qui illumine.

— Tara ne sera plus le centre, déclara-t-il gravement. Tara sera une colline recouverte d'herbes folles et ses pierres seront dispersées. Les Dal Fiatach, les descendants de Fiachra et de Brion, frères de Niall des Neuf Otages, les Laigin, les Eoganachta ne reconnaîtront plus notre souverain. Nos siècles de trente ans deviendront des siècles de cent. Les druides, eux-mêmes...

Il se tut soudain, le visage plus sombre encore, comme si ces paroles étaient trop terribles pour se mêler aux vents.

Son ami s'insurgea, le visage empourpré de colère :

— Mais que dis-tu, Eogan ? Si tel était le cas, nos druides le sauraient, notre roi Loegaire aussi. Ce n'est peut-être que le songe de temps lointains, de temps que nous ne connaîtrons pas.

L'autre haussa simplement les épaules. Fergus savait que sa voyance était puissante et ses rêves plus réels que le monde que lui-même percevait. Sans doute Eogan avait-il raison, sans doute devrait-il, lui aussi, fermer les yeux pour voir cette vérité-là ?

— Il est temps de partir, Fergus, tu comprends ?

Le jeune homme perçut dans ces mots et dans la façon dont son ami les avait prononcés quelque chose d'irrémédiable.

S'il partait, il le suivrait. Et pourtant, il lui faudrait encore bien des nuits pour qu'enfin, sur les cordes de sa harpe, résonnent les trois airs : la tristesse — Goltraiges, le sourire — Gentraiges, le sommeil — Suantraiges... Que Boand, épouse du Dagda, me vienne en aide, pensa-t-il.

— Et notre enseignement ? répliqua-t-il tout de même. Tu as parlé de tout ceci à Gwydion, à ton père, à tes frères ?

— Je dois partir, répéta simplement Eogan, remettant en cause par cette simple phrase leurs deux vies et le savoir auquel les initiaient les druides.

— Sais-tu seulement pourquoi, et où tu iras ? demanda Fergus après un long silence pendant lequel ils étaient restés immobiles, seuls au milieu d'une foule dont ils ne partageaient plus, ni l'un ni l'autre, l'exaltation.

— Pas encore, avoua Eogan.

— T'accompagnerai-je ?

— Dans mes songes, tu es toujours à mes côtés.

— Alors, tout est bien ! s'exclama le rouquin, essayant de cacher le trouble qui l'envahissait.

Il savait qu'il ne manquerait pas à la promesse qu'il s'était faite. Cormac et sa femme, la douce Luaine, l'avaient élevé comme leur fils. Eogan était devenu son frère de sang. Il lui était plus proche, même, que ceux de son clan, qui vivaient là-bas près du Lough Neagh. Et rien, avait-il décidé, ni dans cette vie ni dans l'autre ne les séparerait. Jamais.

Avec lui, il affronterait les Fomoire, les esprits des vallées, les démons de l'air. Avec lui, il marcherait dans le Mag Mor du Sid, la « Grande Plaine » de l'Autre Monde.

Il reprit :

— Ce soir, Eogan, garde tes songes sous une pierre. Viens aimer et boire le vin herbé, danser et jouer de la harpe jusqu'au lever du jour. Nous aurons bien temps pour être graves.

Fergus se demanda si Eogan avait seulement entendu ses paroles. Il était ailleurs, le pli de sa bouche demeurait. Il le suivit sans rien ajouter vers les bûchers, et la chaleur des flammes embrasa bientôt leurs corps.

5

La foule se pressait, hurlant et tapant du pied. Il y avait là près de cinq mille hommes et quatre mille femmes, représentant quasiment toutes les tribus d'Eriu. Des druides, des guerriers, des *aes dana* — les gens d'art, des marchands, des soldats, des mercenaires Fianna... Et soudain, Fergus prit conscience que, peut-être, il regardait Belteine pour la dernière fois. Un sentiment singulier, excitant et inquiétant tout à la fois.

Le sang des fils de Brigit, petits-fils de Muirna, affiliés au clan des Dal Fiatach, et aux Ulaid, rois de l'Ulster, coulait dans ses veines, et pourtant, lui qui avait la corpulence et l'endurance d'un guerrier préférait la musique et la poésie.

Jamais il n'avait eu envie d'autre chose que de devenir druide musicien, de rester à Tara, et de chanter le vent, le feu et les vagues.

Alors que ses frères s'exclamaient aux exploits du grand Cuchulainn, il n'aimait rien tant que les récits où Dur-Dabla, la harpe du Dagda, se détache d'elle-même de la paroi où elle est accrochée quand son maître invoque ses deux noms.

Il répétait à l'envi son appel :

« Que vienne Dur-Dabla,
Que vienne Coir-Cethar Chuir,
Que vienne l'été, que vienne l'hiver,
Bouches de harpes et sacs et cornemuses. »

Il imaginait les harmonies qui faisaient pleurer ou rire les femmes, et endormaient des armées entières...

— Fergus ! appela la voix d'Eogan, le ramenant à la réalité. Suis-moi !

Grâce à son autorité et à la petite roue en bois d'if qu'ils portaient attachée par une cordelette autour de leurs cols, les gens s'écartaient. Ils seraient bientôt des druides, et avaient le droit d'être au premier rang.

La chaleur était si forte que Fergus avait du mal à respirer. Devant eux, l'enchevêtrement de branches et de troncs enflammés formait deux remparts de plus d'une toise de haut sur presque dix de long.

Des remparts entre lesquels passait un bétail affolé et mugissant.

Torse nu, dégoulinant de sueur, les bouviers couraient au milieu de la fournaise, tirant les bêtes par leur anneau nasal ou les frappant rudement de leurs bâtons. Les tambours de guerre martelaient leur course, résonnant dans sa poitrine. Des troncs s'affaissaient sur eux-mêmes en craquant. Des rameaux se tordaient.

Des nuées d'escarbilles s'élevaient vers le ciel.

À les voir, le Rouge repensait aux lucioles dans les roseaux de la Bann, aux courses avec ses dogues, à la pierre sur laquelle gisait le cerf que venaient d'abattre ses frères...

Était-ce la cadence des pieds qui frappaient le sol, les paumes des joueurs sur la peau des tambours ? Belteine le ramenait toujours à son enfance avant Tara.

À sa mère Brigit, son souffle sur sa nuque, la tendresse de son regard... et son corps qu'ils avaient brûlé avec celui de sa jument, les cendres dispersées dans les eaux du Lough Neagh... Brigit la guerrière, qui jamais n'avait abandonné son père Finn au combat.

Il se força à regarder autour de lui.

Un peu à l'écart, entouré de ses guerriers, Loegaire, roi suprême d'Irlande, roi de Tara et du royaume du Meath, descendant de Niall des Neuf Otages, était en grande conversation avec les rois de Leinster, Munster, Ulster et Connaught.

Ils étaient tous là, les rois. Capes multicolores, torques, bracelets d'or rouge, épées aux fourreaux incrustés de corail et couronnes de métal enserrant leurs épaisses chevelures.

Cette nuit, la troisième de Belteine, était celle de l'assemblée.

Cette nuit se régleraient les différends, cette nuit le *ard-ri*, le Haut-Roi, sur les conseils de ses druides, trancherait et l'on appliquerait le droit de nature, le *recht aicnid*.

On paierait les morts, on punirait les meurtres, les enlèvements, la traîtrise, le vol... Cette nuit, des clans s'exileraient pour ne plus jamais revenir. Cette nuit, peut-être, des hommes mourraient.

6

Revêtus de leur robe blanche, les druides Gwydyon, Lucat Mael et Lochru se dressaient derrière Loegaire. Les battements des tambours s'étaient tus, laissant place à l'appel rauque des trompes de bronze. Les premiers taureaux jaillissaient au galop du couloir de feu, faisant trembler le sol.

Gwydyon s'avança, la foule s'ouvrant devant lui. Il miroitait dans la lueur des torches brandies par les serviteurs qui marchaient à ses côtés. Un bandeau de bronze enserrait ses cheveux blancs et il portait la robe trois couleurs des grandes cérémonies. Son buste ruisselait d'or, sa taille du plumage d'oiseau brillant de l'Autre Monde, le bas de son vêtement d'une averse de bronze blanc.

Pendant un bref instant, Fergus eut l'impression qu'il regardait Eogan, qu'il les fixait tous deux. Gwydyon savait-il, ou bien avait-il entendu par la force de son art, la prophétie de son ami ? Mais il se détournait déjà, reportant son attention vers les bêtes qui se bousculaient en passant devant lui. Il leva sa baguette d'if et sa voix claire prononça la parole de purification.

Cette année, la maladie les épargnerait encore, mais ensuite ? Les paroles d'Eogan ne cessaient de résonner sous le crâne du jeune homme : *« Tara ne sera plus le centre. Tara sera une colline recouverte d'herbes folles et ses pierres seront dispersées. Les Dal Fiatach, les descendants de Fiachra et de Brion, frères de Niall des Neuf Otages, les Laigin, les Eoganachta ne reconnaîtront plus notre souverain. Nos siècles de trente ans deviendront des siècles de cent... »*

7

— Par Goibniu, le dieu forgeron ! Salut à toi Fergus, salut mon fils ! s'exclama Cormac, le père d'Eogan.

L'homme qui l'avait élevé comme l'un des siens venait de les rejoindre. Derrière lui, silencieuse et belle, se tenait Deirdre, son unique fille.

— Salut à vous, Cormac. Salut à toi, Deirdre, répondit le Rouge en s'inclinant.

— As-tu des nouvelles de ton clan et de mon cadet ? On m'a dit que les fils de Brigit guerroyaient contre les Ui Briuin.

— Cela est vrai, acquiesça-t-il. Les hommes du Connaught oublient trop souvent où se situent leurs terres, et à qui appartient le bétail. Mais mes frères sont revenus victorieux. Quant à ton fils, grâce à sa vaillance, il portera bientôt son nom de guerre.

Fergus laissa au forgeron le temps d'apprécier ces paroles, d'envisager que les exploits de son cadet feraient peut-être de lui le père d'une lignée de héros dont on conterait les exploits.

Cormac hocha fièrement la tête. Fergus ajouta avec respect :

— Un de nos hommes te fait dire que Finn, mon père, te salue, toi et les tiens, et t'assure de son amitié.

Pourtant Cormac, bien que plus grand et fort qu'eux tous, n'était pas un homme de guerre. C'était un *aes dana*, un homme d'art, marqué par le feu et le métal, le visage tanné par les flammes qui s'élevaient du creuset de sa forge.

Nous savions tous qu'*« un homme vaut plus que sa naissance »*. Le Haut Roi, lui-même, le citait comme le meilleur forgeron d'Irlande, et nombreux étaient les seigneurs et les rois à attendre la faveur d'une lame sortant de son atelier.

Le forgeron s'était tourné vers Eogan.

— Notre druide veut te voir après l'assemblée des cinq royaumes, mon fils, déclara-t-il en posant la main sur son épaule.

— Merci, mon père, fit Eogan en s'inclinant. Puis-je vous parler un instant ?

Une ombre passa sur le visage du forgeron qui entraîna son fils à l'écart de la foule, près d'un buisson de noisetiers où somnolaient quelques enfants fatigués par l'excitation de leurs jeux.

Vêtue d'une tunique d'un vert profond, le corps mince de son hermine apprivoisée enfoui dans ses épais cheveux roux, Deirdre se glissa aux côtés de Fergus, le feu aux pommettes, ses yeux sombres fixés sur les deux hommes qui s'éloignaient.

— On m'a dit que tu avais eu quelque bonne fortune, observa-t-elle soudain. La fille de Fan t'a comblé.

— Tu es bien renseignée, répondit le Rouge avec étonnement, car c'était la première fois qu'elle prêtait quelque attention à ses faits et gestes. Cependant, je n'ai pas le même bonheur avec celle que j'appelle de tous mes vœux.

Le fin visage de la jeune fille se contracta. L'hermine avait-elle senti sa nervosité ? Elle sauta à terre et grimpa se blottir sur les épaules de Fergus, enfonçant ses griffes dans le drap épais de sa tunique.

— Elle t'aime vraiment beaucoup, remarqua simplement Deirdre.

Fergus caressa doucement le pelage roux, le ventre blanc comme neige.

— C'est ma petite magicienne. Peut-être sait-elle mieux que toi ce que je suis capable d'offrir ? L'amitié d'un poète est précieuse, son amour plus encore.

Deirdre rougit, et tourna à nouveau les yeux vers le couple que formaient son père et son frère.

8

— Je dois partir, disait Eogan. Et sans doute, père, je ne reviendrai pas à Tara.

Cormac n'aimait pas parler. Il était homme du marteau et de l'enclume et laissait les mots aux rois, aux druides et aux bardes.

— Quand ? demanda-t-il gravement.

— Demain, à l'aube.

Il contempla le fier visage d'Eogan et son regard fouilla ses yeux gris. Bien qu'il tienne à ce fils du vent plus qu'à ses autres enfants, pas un trait de son visage n'avait bougé. Il allait se détourner sans mot dire, trop touché pour l'avouer, quand Eogan posa sa main sur son bras.

— Ne me direz-vous rien ?

— Adore les dieux, ne fais jamais le mal, et reste juste. Et, quoi que tu apprennes, ne doute jamais de toi, ni de ceux qui t'ont élevé.

Le forgeron n'ajouta rien à cette énigmatique parole. Son fils avait posé un genou en terre et en guise d'adieu, Cormac serra simplement son épaule de sa large main.

Les mâchoires du jeune homme se crispèrent et il sentit sa gorge se nouer. Ces deux-là ne se reverraient pas et ils l'avaient compris.

9

Cormac était retourné d'un pas plus lourd à sa forge, et Eogan avait rejoint son ami et sa sœur. Inquiète, celle-ci inclina la tête contre son épaule, n'osant l'interroger, ses boucles rousses se mêlant aux cheveux noirs de son frère.

Combien de saisons de sa vie Fergus n'aurait-il données pour être ainsi tout près d'elle ?

Pour qu'elle soit sienne. Mais non, jamais elle ne lui avait accordé cadeau plus précieux qu'un sourire. Sourire qu'elle offrait aussi bien à son hermine, aux fleurs, aux étoiles ou aux oiseaux.

Pourtant il était devenu grand et vigoureux, et il savait plaire aux femmes.

Elles aimaient glisser leurs doigts fins dans l'épaisseur de sa chevelure. Elles aimaient sa force et son rire. Les yeux du jeune homme leur disaient ce que ses lèvres hésitaient encore.

Ses mains connaissaient déjà bien des caresses. Mais pas avec Deirdre.

Fergus maudit sa maladresse et cette force que

nombre de filles appelaient, et qui semblait repousser Deirdre plus que l'attirer.

Seule sa musique semblait trouver grâce à ses yeux. Dans ces moments-là, elle s'abandonnait, son regard se voilait, et parfois même elle dansait, rien que pour sa harpe.

Si seulement, il avait eu le visage et le corps souple d'Eogan...

Il se força à contempler les vaches et les taureaux qui continuaient à détaler devant eux, le poil roussi, les yeux révulsés par la peur.

10

La cérémonie de purification prenait fin et les gens se dispersaient, redescendant vers les portes de Tara. Les druides et leurs serviteurs distribuaient des coupes d'hydromel, le vin des abeilles, la boisson sacrée.

Des femmes et des enfants circulaient parmi la foule, leurs larges paniers d'osiers emplis de galettes de seigle, de fromages de chèvre frais, de rayons de miel doré. Bière et vin herbé coulaient des jarres et des cruches.

11

Le soldat n'avait pas quitté la fille des yeux. Cela faisait un moment qu'elle lui souriait, qu'elle l'encourageait du regard. Une rousse avec des rondeurs qui promettaient. Elle portait une tunique de drap vert, une large ceinture de cuir autour de sa taille fine.

Et puis soudain, sans qu'il comprenne pourquoi, elle s'effaroucha et disparut dans la foule, filant comme un daim devant la flèche d'un archer. Un grondement de colère et de dépit lui échappa. Il la tenait presque, il la voyait déjà s'offrir...

Il y avait si longtemps qu'il vivait comme une bête avec les autres Fianna. Si longtemps qu'une fille ne lui avait ouvert les bras.

La dernière, il avait dû la violer... Et la tuer ensuite pour éviter qu'elle n'appelle ceux de son clan. Un souvenir qu'il n'aimait pas. Il avait besoin d'autre chose... Un peu de chaleur, quelque chose qu'il emmènerait avec lui en remontant vers les hautes terres du Nord.

Elle s'était cachée, enfin elle croyait s'être cachée.

Il était chasseur dans l'âme et jamais aucune proie, qu'elle soit humaine ou animale, ne lui avait échappé. Se glissant sans bruit, de chariot en chariot, il s'arrêta enfin, un sourire carnassier sur les lèvres. La fille s'était dissimulée dans l'ombre d'une carriole, mais il pouvait voir ses petits chaussons de cuir qui dépassaient de sous les roues.

Courbé en deux, il s'avança et d'un bond lui sauta dessus, la faisant hurler de terreur.

— Tout doux, tout doux ! fit-il en la maintenant brutalement. J'ai juste envie de jouer un peu, la belle.

Comme elle continuait à crier, il la bâillonna d'une main, et de l'autre, déchira le haut de sa tunique, faisant jaillir des seins lourds aux pointes durcies. Les yeux affolés, elle essayait de le mordre.

— Tout doux, fit-il en lui calant brutalement les fesses contre le rebord du chariot. Je ne te veux que du bien ! Fallait pas faire la belle, si tu voulais pas. J'ai faim, moi ! Ça fait longtemps que j'en ai pas forcé une comme toi...

Mais l'autre se débattait encore, alors il la cogna d'un petit coup sec au menton, juste assez pour l'étourdir. Elle mollit dans ses bras, mais il n'eut pas le temps de poursuivre. Une main le tira par le col et il se sentit soulevé et projeté en l'air.

— File ! gueula le nouveau venu à la fille qui s'était remise à hurler. File, ou je te crève !

Elle n'insista pas, ferma la bouche, et ramenant les pans de sa tunique sur sa poitrine, s'enfuit sans demander son reste. Trop heureuse d'échapper à celui qu'elle avait reconnu : Brion le Balafré, le chef des mercenaires du Haut-Roi Loegaire. Un géant dont l'aspect terrifiait les marchands.

Le soldat s'était relevé et faisait face à son chef. La sueur lui coulait dans le dos devant la colère de l'autre.

— Je n'allais pas lui faire de mal ! protesta-t-il.

Le Balafré le toisa. Nul homme n'était aussi haut et large que celui-là, nul ne méritait mieux la terreur qu'il inspirait. La balafre, qui lui donnait son surnom, courait de la racine de ses cheveux jusqu'à son menton. Un sourire qui n'avait rien de rassurant planait sur ses lèvres fendues. Il portait un casque conique orné d'un corbeau de métal et son poing serrait une lourde hache.

— Peu m'importe ce que tu faisais à cette fille, tu pouvais lui trancher le cou ou lui arracher les yeux, gronda Brion au soldat. Ce qui m'importe c'est quand, et où tu le fais !

— Quand et où... bafouilla l'autre, mais que voulez-vous dire...

— Ça, fit l'autre en s'approchant d'un pas. Ici, à Tara, quel était ton rôle ?

L'autre avala sa salive :

— Surveiller les marchands, veiller à ce que nul ne vole ou...

— Ou ne gêne la foire, gronda l'autre d'une voix de tonnerre et c'est toi qui gênes la foire, toi, un de mes Fianna !

— Non, non, protesta l'autre, elle m'a attiré. J'ai cru...

La hache siffla et la main que l'autre avait levée en signe de protestation, atterrit dans l'herbe. Le soldat poussa un hurlement de douleur, et essaya de dégainer son épée, mais son autre bras tomba sur le sol à ses pieds, tranché à partir de l'épaule. Il s'effondra à genoux.

Le bruit de la bagarre avait attiré des marchands qui restaient craintivement en retrait, regardant l'homme baigner dans son sang.

Un jeune druide suivi par ses serviteurs s'approcha, écartant d'autorité la foule du bout de son bâton de coudrier. D'un coup d'œil, il jaugea la situation et, s'agenouillant près du blessé, le garrotta du mieux qu'il put pour arrêter l'hémorragie.

— Vous et vous, ordonna-t-il à ses hommes, faites un brancard avec vos bâtons et emmenez-le ! Vite !

Pas une fois, le druide n'avait regardé Brion. Celui-ci se campa devant le cortège, en maugréant :

— Ce soldat m'a désobéi et a déshonoré les Fianna. Il a été puni.

— Il ne t'appartient pas, Brion le Balafré, s'indigna le druide en se relevant, de décider ceux qui doivent être châtiés ou non dans cette enceinte. Cela nous incombe à nous, les druides de Tara.

— Il était à moi, et son sang m'appartient.

Le druide hésita, puis se penchant vers le blessé, passa sa paume sur les linges d'où sourdait un sang bien rouge. Il dessina une balafre écarlate sur la tunique du chef des Fianna :

— Maintenant, il est à moi ! fit-il.

L'autre faillit répliquer violemment, mais se ravisa et s'écarta devant la litière où agonisait le soldat.

Chapitre 2

(...) de circuits de splendeur,
par lesquels on mesure le vrai suivant l'excellence,
par lesquels on apprend la vérité,
dans lesquels est placé le mensonge
par lesquels on voit les couleurs,
par lesquels les poèmes sont renouvelés.

Imacallam in da Thuaraid
Le dialogue des deux sages.
Traduction Christian-J. Guyonvarc'h

12

Dans la plaine, retentit le son aigre d'une trompe. La foule délaissait la foire, et s'en allait vers les barrières délimitant le champ réservé à la grande course de chevaux de Tara.

Rassemblés au bord de la piste, debout le long des palissades de bois, les rois, les hautes dames et les seigneurs regardaient les cavaliers s'aligner sur le champ.

Ils étaient une soixantaine, venus des cinq royaumes d'Irlande.

Les cheveux nattés, vêtus d'une étroite tunique de cuir, les jambes prises dans des bottines souples munies d'éperons de bronze, ils montaient tous à cru. À la crinière et à la queue de leur étalon flottaient des rubans de couleur représentant chacun des clans.

La foule scandait les noms de ses favoris, et le tumulte fut à son comble quand le *ard-ri* Loegaire leva la main, imité par les quatre rois.

La trompe retentit à nouveau et la terre trembla. Dans un grondement qui n'avait rien à envier à celui du tonnerre, hommes et bêtes s'ébranlèrent, soulevant un épais nuage de poussière.

Fergus avait les yeux fixés sur les hommes du

royaume d'Ulster et plus particulièrement sur ceux du clan des Ulaid, extraordinaires cavaliers venus tout droit du sanctuaire sacré d'Emain Macha.

Il avait beau avoir quitté les siens pour vivre dans le royaume du Milieu, il se sentait toujours un homme du Nord.

Jamais ces cavaliers-là, depuis l'origine de Tara, n'avaient perdu une course. Ils étaient les fiers descendants de Conchobar Mac Nessa et de Cuchulainn. Leur peuple avait gouverné Tara depuis des temps immémoriaux, jusqu'à ce que les Ui Neill prennent leur place, et que Loegaire, descendant de Niall Nôigiallach, Niall des Neuf Otages, devienne le roi suprême.

Les coursiers étaient à mi-parcours, quand soudain, un hurlement s'éleva de la foule.

Au beau milieu du groupe de tête, l'une des bêtes d'Emain Macha avait fait un écart, en percutant une autre avant de rouler à terre, entraînant des destriers du Munster et du Leinster dans sa chute.

Plusieurs cavaliers tombèrent lourdement. L'un d'eux, un homme aux armes du roi du Leinster se dégagea du corps de sa monture, se releva, courant droit devant lui, au milieu des chevaux avant d'être heurté et écrasé par l'un d'eux.

Son corps disloqué et sanglant tressauta, rebondit, puis s'immobilisa enfin. La horde s'éloignait et des serviteurs se précipitèrent avec une civière. Des écuyers achevaient deux bêtes aux jarrets rompus.

Les cavaliers de tête étaient déjà loin.

Au bout du champ, se dressait l'étroit portique d'où

tombait la longue flamme rouge, vert et jaune, symbole du Haut Roi et du royaume du Milieu.

Les gens hurlaient de plus belle. Un coursier venait de dépasser les autres, monté par un Ui Neill. S'il gagnait, ce serait la première fois qu'un homme du Connaught, un homme de l'Ouest, deviendrait le maître des chevaux de Tara.

13

Après un bref regard à Deirdre et à Eogan, aussi silencieux et tendus que lui-même, Fergus concentra à nouveau son attention sur la course. Une étrange angoisse lui serrait le cœur, alors qu'il en suivait les derniers moments.

Bousculant un homme d'Emain Macha, le cavalier de tête avait arraché la bannière de Tara, l'enroulant autour de son bras. Connaught avait gagné !

Le visage fier, Loegaire applaudit le vainqueur, bientôt imité par la foule de ses seigneurs.

La robe des étalons était souillée de terre, de poussière et de sueur. Les cavaliers sautaient à terre, jetant les rênes à leurs écuyers, saluant les druides, les femmes et les chefs qui les avaient rejoints.

Un peu en retrait, à l'écart des vainqueurs, formant un groupe immobile et sombre, se tenaient les hommes d'Emain Macha. Le roi d'Ulster, Collbran au cou rouge, les avait rejoints et sa colère éclatait en gestes furieux.

Fergus tendit sa gourde d'hydromel à Deirdre. Elle

but lentement, observant Eogan qui n'avait pas quitté des yeux l'homme porté en triomphe vers le camp des seigneurs du Connaught.

L'obscurité commençait à envahir la forêt et les monts, masquant la ligne scintillante de la mer.

14

Un peu partout, s'allumaient des flambeaux. Le silence se fit. Le temps de l'assemblée des cinq royaumes était venu.

Sous le commandement des chefs de clans, les guerriers se regroupaient. La parole était aux filid, les druides poètes, et aux bardes qui avaient pris leur harpe, entonnant des chants de paix.

Du sommet de la colline de Lia Fail, la colline de la pierre de destin, deux hauts remblais de terre menaient au cercle de l'assemblée dont les piliers d'entrée étaient recouverts des bandelettes de tissu aux trois couleurs de Tara.

Entre chacune des trente colonnes de pierre qui délimitaient le cercle, étaient amassés des troncs d'arbres et des fagots de branchages. Femmes et enfants de Tara y avaient noué des multitudes de rubans que le vent du soir soulevait.

La pointe de leurs javelots baissés, des cavaliers précédaient le cortège royal, écartant la foule. Les bardes en tête, suivis par les druides menés par Gwydion, descendaient lentement. Autour et derrière les cinq rois, les chefs de clans et leurs guerriers frappaient les boucliers ovales de leurs poignets cerclés de bronze.

Loegaire pénétra le premier dans l'enceinte. Il prit place au centre, sur un trône en bois d'if. Le roi de Munster alla se placer à sa main droite, au sud ; celui du Connaught derrière lui, à l'Ouest ; celui du Leinster, en face de lui à l'Est, et enfin celui d'Ulster à sa main gauche au Nord.

Fergus se rappelait les paroles de Fintan sur le partage de l'Irlande : *« ...À l'Ouest, la science, au Nord, la bataille ; à l'Est, la prospérité ; au Sud la musique, et au centre : la souveraineté... »*

Une fois druides et filid dans le cercle avec les rois, une fois chefs et soldats en position à l'extérieur, Gwydion s'approcha de la roue à feu que l'un des druides actionnait.

La grande roue sculptée sifflait en prenant de la vitesse. De son axe noirci, planté dans une souche de chêne, jaillit une première étincelle, puis une autre.

Ainsi toujours naissait le feu de Belteine, le feu sacré. Pendant trois jours, à chaque cérémonie, la roue tournait et tournait encore.

Le Haut Druide enflamma une branche d'aubépine et se dirigea vers les piliers de pierre.

En cet instant précis, alors qu'avec la rapidité d'un furet, une langue de flamme filait de rameaux en rameaux, Fergus se revit enfant, se glissant près du cercle pour surprendre les paroles du haut druide et comprendre sa magie.

C'était déjà Gwydion et sa robe trois couleurs. Gwydion, le très savant, venu du sanctuaire de l'île de Mona, près du Cymru, le lointain Pays de Galles.

Il se rappelait sa terreur, au moment où la branche d'aubépine avait frôlé le bois, le léger sifflement avant que le cercle tout entier ne s'embrase, dressant devant ses yeux écarquillés, de hautes flammes rouges qui se tordaient en hurlant.

Il avait alors réalisé que le feu était un animal et il s'était enfui en criant, les cheveux roussis, trop heureux d'avoir sauvé sa vie, sans rien avoir saisi de l'incantation druidique.

15

La fumée avait masqué le cercle de pierre. L'attente commençait. Des enfants couraient, insouciants de ce qui se décidait à l'intérieur des flammes.

Les gens scandaient les paroles des filid. Leurs voix innombrables étaient pareilles à celles du vent dans les arbres. À celles des vagues sur les roches noires d'Irlande.

Du haut des remparts, Deirdre et Fergus tournaient à nouveau leurs regards vers l'horizon où devaient s'allumer les feux.

16

Loin et proche à la fois, brûlait le feu de Uisnech. Avec celui de Tara, il était le premier à célébrer Belteine.

Malheur à celui qui allumerait un feu avant ces deux-là. Malheur à ceux qui braveraient le *geis*, l'interdit. Malheur et mort.

La lune éclairait la forêt toute proche, soulignant sa noirceur. Enfin, Deirdre tendit le bras montrant par-delà le manteau sombre des arbres, un éclat de lumière découpant la cime d'une colline.

— Le feu de Cobthach, s'exclama-t-elle.

— Le feu de Goll, fils de Morna, fit le Rouge en lui désignant une lumière qui venait d'apparaître à quelque distance d'Uisnech.

Un autre apparut, plus scintillant, plus proche aussi.

— Finn !

— Oui, et Cummall, répondit Deirdre.

Un quatrième feu dansant au loin, sur la lande.

Ils étaient dix, puis vingt, cent et mille à se répondre à travers landes, forêts et monts.

Des braises qui traçaient les rayons d'un soleil dont Tara et Uisnech étaient toujours le centre.

Fergus se sentit empli d'une joie sauvage. Il imagina les cinq royaumes briller plus intensément que la tunique d'étoiles qui les couvrait.

Eogan le Sombre ne partageait pas leur excitation, il n'avait pas quitté des yeux l'assemblée. Songeait-il à sa prophétie, à la fin de Tara ? Mais comme en réponse, le silence était venu dans le cercle des rois.

Les flammes s'apaisaient, diminuaient. Dans la plaine, chefs de clans et guerriers s'agitaient, guettant le retour des rois qui sortaient un à un du cercle de feu. Gwydion leva les bras. Les flammes vacillèrent et pâlirent, s'éteignant d'un coup en sifflant.

— Le vent de la discorde souffle, Fergus, regarde ! fit Eogan, le visage contracté. Les seigneurs de l'Ulster quittent l'enceinte avant les autres. Gwydion a éteint le feu en signe de désaccord.

Deirdre avait pâli.

Fergus murmura pour lui-même : « Les Ulaid s'en vont et avec eux, les Dal Riata, les Dal Fiatach, les Dal n'Araide, les Ui Echach... Eogan avait-il déjà raison ? »

On entendait un fracas inhabituel de lances sur le sol. Des cris et des hurlements passionnés. L'appel rauque d'une trompe qui n'était pas de Tara, puis une autre. Dans la plaine, les mercenaires Fianna s'agitaient, eux aussi. Sur un signe du roi Loegaire, leur chef Brion le Balafré avait réuni une trentaine d'hommes à cheval.

Les druides entouraient les rois, et si l'on n'entendait pas leurs paroles, on devinait à leur attitude qu'ils plaidaient pour la paix.

Une odeur de résine montait dans l'air, avec des gerbes d'étincelles qui ajoutaient des étoiles au ciel.

17

Un jeune serviteur se précipita vers eux, s'inclinant devant Eogan.

— Je te cherchais ! Gwydion veut te parler. Il va à la Tech Midchuarta, la maison du Milieu. Le festin n'aura pas lieu.

— Je te suis, fit le Sombre en lui emboîtant le pas.

Des hommes regagnaient leurs campements, des femmes s'en retournaient vers les cercles de chariots dressés à l'écart.

Inconscients de ce qui se passait autour d'eux, des enfants faisaient siffler au bout de leurs bâtons des écorces de bouleau enflammées.

Les guerriers d'Ulster se rassemblaient à l'extérieur de l'enceinte.

Sur ordre du roi, les soldats de Tara encerclaient le sommet de la colline sacrée, protégeant Lia Fail, la pierre de destin et de souveraineté, celle qui crie quand le vrai roi la touche.

— Fergus ! fit Deirdre, la voix rauque, Eogan t'a-t-il confié quelque chose que je dois savoir, moi, sa sœur ? Pourquoi Gwydion...

Elle s'interrompit.

— Je ne sais, Deirdre, ce que tu dois connaître, ou ce qu'il te faut ignorer. Tu seras bientôt druidesse, toi aussi. Ton frère a parlé de changements, tu le sais. Et le changement est sous tes yeux. Pour une raison que je ne connais pas, ceux du royaume d'Ulster, dont je suis moi-même, discutent l'autorité du *ard-ri* Loegaire et de Gwydion.

— Sais-tu pourquoi Gwydion l'a appelé ?

— Non, Deirdre.

Le jeune homme était mal à l'aise, ne voulant pas trahir son ami et ne voulant pourtant rien cacher à celle qu'il aimait.

— Ton frère parle droit ! reprit-il en posant sa main sur l'épaule de la jeune femme. Demande-lui ce qu'il en est.

Le visage de Deirdre se ferma, elle se recula d'un pas, retirant la main de Fergus de son épaule. L'hermine, que toute cette agitation inquiétait, glissa son petit museau entre ses doigts minces quémandant des caresses.

— Soit, je le ferai, Fergus, mais c'est à toi que j'ai d'abord posé la question, toi qui te prétends mon ami, et même plus encore.

Au-dessous d'eux, des hommes de Tara se faisaient prendre à partie par un chef de clan Dal Fiatach.

Des druides s'interposaient, ramenant, une fois de plus et non sans mal, le calme.

— Va rejoindre ton père et tes frères, Deirdre, je n'aime pas ce qui se passe.

La jeune femme redressa le menton et planta ses yeux dans les siens, sa main se posant sur le poignard qu'elle portait, masqué par les plis de sa cape :

— Crois-tu donc, Fergus, que je craigne les temps à venir ?

— Non, Deirdre. Je sais ton courage. Je sais aussi tes pouvoirs. Et pourtant, ces temps-là sont à craindre.

Elle n'insista pas, se détournant et descendant prestement les degrés menant à la cour, se frayant fièrement un chemin au milieu de la foule.

Fergus aurait voulu la rattraper mais il ne le fit pas. Il la regarda s'éloigner, puis disparaître. Que lui aurait-il dit de plus ? Qu'Eogan allait partir ? Que Tara allait disparaître ? Il ne voulait pas être ce messager-là.

18

Sur ordre de Loegaire, les mercenaires Fianna faisaient fermer les étals de la foire et éteindre les feux. Mécontents, les marchands maugréaient en empaquetant leurs affaires. Des femmes recouvraient de lourdes bâches goudronnées les métiers à tisser verticaux, dressés sur les plates-formes des charrois.

Fergus avait regagné l'enceinte du palais, passant le fossé et les trois talus de terre, se présentant aux hommes de garde qui, le reconnaissant, écartèrent aussitôt leurs lances.

Une grande animation régnait autour de la longue maison de bois peinte aux couleurs de Tara. Des chefs de tribus Ui Briuin reconnaissables à leurs tuniques à carreaux vert et jaune et des Ui Neill, aux tuniques à rayures rouges, discutaient à voix basse, se taisant à son approche. Il était apprenti druide, mais il était aussi un homme d'Ulster.

Des serviteurs fermaient portes et volets des maisons de torchis abritant les proches du Haut Roi. On rentrait les bêtes dans les enclos.

Du temple accoté au palais, sortaient des druides.

Après avoir salué le capitaine des gardes, Fergus pénétra sous le porche de chaume et de bois du palais. À l'intérieur, fixées sur des trépieds, brûlaient des torches.

Des braseros réchauffaient la grande salle. Le sol, couvert d'ajoncs en fleurs, de menthe aquatique et d'aubépine, craquait sous ses pieds. La salle était pleine, et le bruit indescriptible.

Les druides tentaient de raisonner le roi d'Ulster, et le *ard-ri* Loegaire, assis sur son trône de bronze, grondait comme un ours en colère. Couchée à ses pieds, sa meute de chiens s'agitait. On disait ces bêtes venues de la lointaine Égypte, et Fergus avait tendance à croire que c'était vrai. Elles avaient le pelage blanc, les oreilles rouges et le nez rose. Jamais, il ne les avait entendues aboyer, mais elles gémissaient comme les oies bernaches en vol de nuit.

Alors que toutes ces voix s'élevaient, furieuses, le Rouge repensa aux trésors de Tara enfermés dans la grotte sacrée, gardés par des druides.

Tara, comment Tara pourrait-elle disparaître ? Qu'est-ce qui serait supérieur à l'héritage des dieux ? Tara possédait les talismans des Tuatha de Danann : la lance du dieu Lug, le dieu suprême ; l'épée de Nuada, le glaive de Lumière, emblème du pouvoir royal ; le chaudron et la massue du Dagda, symbole d'abondance et enfin sur la colline sacrée, Lia Fail, la pierre de destin, celle qui crie quand le roi suprême la touche.

Fergus décida en lui-même que rien n'était assez puissant pour mettre fin à Tara ; sauf peut-être le vent de la discorde entre les cinq royaumes, ou un nouveau dieu plus fort que tous les autres.

19

La Tech Midchuarta, la maison du Milieu, était déserte quand Eogan y pénétra. L'immense salle ronde aux piliers de chêne et aux murs de torchis, qui aurait dû retentir des éclats de voix et des rires du banquet, était plongée dans l'obscurité.

Seules quelques torches éclairaient le trône de pierre de Loegaire. Les serviteurs avaient jeté de la cendre sur les braseros et une odeur musquée montait du sol où séchaient des brassées de pétales de fleurs d'aubépine.

Il sembla au jeune homme que son pas résonnait trop bruyamment alors qu'il se dirigeait vers le trône.

Jamais il n'était venu ici autrement qu'entouré d'une foule nombreuse. Il revoyait en pensée ces grands banquets où chacun des rois, suivi par ses chefs de clans, entrait par la porte qui lui était réservée et, guidé par un file, un druide poète, prenait place sous son bouclier accroché au mur par un bollsaire, un maréchal de la maison du Milieu. Cinq rois, cinq portes.

Ils se souvenaient des cris et des rires des femmes de clans, réunies dans une salle voisine.

Pas de boucliers aux crochets ce soir, longs bancs et tabourets resteraient vides, ni la bière ni l'hydromel jaune pâle ne couleraient dans les cornes à boire.

Un léger bruit le fit se retourner. Gwydion s'avançait vers lui et malgré la pénombre, il marchait dans la lumière de sa robe. L'or, le blanc brillant et le bronze scintillant dans la lueur des torches.

Le druide s'assit sur son siège, posant ses mains sur les accoudoirs à tête de cygne et restant ainsi, immobile, à dévisager le jeune homme qui s'était incliné respectueusement devant lui.

Eogan sentait son regard posé sur son visage, et imperceptiblement, alors qu'entre eux, le silence se prolongeait jusqu'à devenir trop lourd, un sentiment de peur l'envahit.

Il n'aurait su dire de quoi était faite cette peur. Jamais, sauf au creux de son rêve, il n'en avait ressenti une pareille.

Une torche s'éteignit devant lui, puis une autre, grésillant longtemps avant de mourir.

Le souffle lui manqua et il haleta, la gorge nouée. Les ombres s'allongeaient autour du poteau central. Des formes monstrueuses rampaient vers lui. Des Fomoire revenus pour le défier, lui, Eogan.

Son cœur se mit à battre si fort dans sa poitrine qu'il lui semblait n'entendre plus que lui. Une mauvaise sueur lui inonda le dos.

L'ombre de Gwydion devenait démesurément

grande et difforme. Eogan porta la main à la garde de son épée.

Puis, d'un coup, la voix du druide s'éleva et sa peur s'effaça.

— Il faut attendre que viennent les mots.

— Oui, ô mon aîné, fit Eogan en essayant d'affermir sa voix, sa main abandonnant son épée.

— Tu sais, mon fils, que la guerre menace Tara, que les hommes du Nord défient le Haut Roi, mais tout cela n'est rien à côté de la tempête qui va se lever sur notre monde.

— Oui, ô mon aîné.

— Mais ce n'est pas de celle-là que je veux t'entretenir, mais de celle qui hurle entre tes oreilles depuis trop longtemps.

— Toutes les tempêtes ne sont-elle pas liées ?

— Seul Ogmios sait ce qui est lié, mon fils. Tu partiras demain, après l'enseignement des bois sacrés et Fergus t'accompagnera. Jamais, ou vous serez perdus tous deux, ne laissez rien ni personne vous séparer. Vous êtes les doigts d'une même main.

Gwydion avait prononcé les mots qu'Eogan attendait, et pourtant, en le faisant, il leur avait conféré une vérité qu'ils n'avaient pas auparavant.

Il allait quitter Tara pour n'y plus revenir. Il laisserait les siens, il abandonnerait l'école des druides.

— Tu iras trois nuits vers le couchant jusqu'aux grandes tourbières, reprit le Haut Druide. Je t'apprendrai demain les chants qu'il te faudra connaître. Tu trouveras un élément de ton rêve en parcourant la chaussée de bois que nul ne parcourt. Puis, tu gagneras Emain Macha et verras le druide Cetal. Lui t'enseignera la suite de ton voyage.

— Que savez-vous, ô mon aîné, de ce qui occupe mes rêves ?

— Trop de choses, mon fils.

— De quel temps viennent-ils ?

— D'un temps que tu as vécu, et que tu vivras encore, Eogan.

Le son rauque des trompes de bronze résonna soudain, tout proche. C'était le rassemblement des guerriers de Tara.

— Nous allons devoir nous séparer, mon fils. Viens avec les autres, demain au bosquet sacré.

— Vous reverrai-je, ô mon aîné ?

— Ton enseignement se poursuivra, Eogan le Sombre.

— Et après être allé à Emain Macha, que devrai-je faire ?

— Ne sois pas si pressé de découvrir ton destin. Si tu ne le trouves pas, lui saura te trouver où que tu ailles.

— Que va devenir Tara ?

— Tu le sais bien : *« Tara ne sera plus le centre. Tara sera une colline recouverte d'herbes folles et ses pierres seront dispersées. Les Dal Fiatach, les descendants de Fiachra et de Brion, frères de Niall des Neuf Otages, les Laigin, les Eoganachta ne reconnaîtront plus notre souverain. Nos siècles de trente ans devien-*

dront des siècles de cent... » C'est ce que tu as vu, Eogan, et peut-être cela sera.

En entendant ses propres mots dans la bouche de Gwydion, Eogan se laissa tomber à genoux devant le grand druide :

— J'obéirai, ô mon aîné.

— Bien, Eogan. Mais je sais qu'il est encore une question que tu voudrais me poser.

— Oui, ô mon aîné, savez-vous quelle est celle qui me poursuit en rêve ?

— Oui, mon fils, et aussi, celui que tu poursuivras.

— Pourquoi ne rien me dire ?

— Il ne suffit pas d'avoir la réponse, il faut aller la chercher pour devenir celui que tu seras demain.

Le druide redressa sa haute taille.

— Notre roi a besoin de moi, je dois te laisser, reste ici un moment et mets-toi en paix.

Puis il ajouta non sans malice :

— Suis les conseils de ton ami Fergus, avec sa poésie et ses amours, il est souvent bien plus sage que tu ne l'es. Bois le vin herbé, et cette nuit, écoute le chant de sa harpe.

Eogan s'inclina alors que le vieil homme s'éloignait, nimbé de blanc. Les ombres s'allongèrent à nouveau autour de lui. Il était seul.

20

Après avoir vidé leurs cornes d'hydromel, Fergus et Eogan s'allongèrent dans l'herbe rase. Les druides avaient apaisé la querelle, rendu à chacun des seigneurs sa préséance.

Les chefs de clans avaient partagé l'hydromel. Demain serait un autre jour. L'assemblée pourrait reprendre. Le roi d'Ulster avait fait soumission à Loegaire, mais pour combien de temps encore ?

Sortant sa harpe de son étui de peau de loutre, Fergus effleura les cordes, égrenant quelques notes dans la nuit. Au loin, les feux brûlaient toujours.

Enfin, enroulés dans leurs capes, épaule contre épaule, ils s'endormirent.

Ils n'avaient pas échangé trois mots. Demain serait leur dernier jour à Tara.

Demain commencerait le voyage vers les grandes tourbières.

21

« Au début du rêve était la lande.

Mauve, hérissée de blocs de pierre, cernée de nuées noires que transperçait parfois un trait de lumière. »

Chapitre 3

« Et toi, ô mon aîné, d'où es-tu venu ?

Ce n'est pas difficile :
Le long des colonnes de l'âge,
Le long des fleuves du Leinster,
Le long de la colline magique de la femme de Nechtan,
Le long de l'avant-bras de la femme de Nuada,
Le long du pays du soleil
Le long de la demeure de la lune,
Le long du cordon ombilical du jeune homme.

Imacallam in da Thuaraid
Le dialogue des deux sages.
Traduction Christian-J. Guyonvarc'h

22

« Je suis corbeau au-dessus des marais... »

Eogan sentait l'odeur d'humus de la tourbière qu'il survolait, ses bras et ses jambes étaient de plumes noires...

Émergeant de son rêve comme on sort d'une eau trouble, il effleura l'herbe humide et passa sa main sur son visage.

Il était à Tara. Il était Eogan, fils de Luaine et de Cormac le forgeron.

La vision s'éloigna. La colline sacrée s'offrait à nouveau à ses yeux. Ce matin-là plus que tout autre, il aurait voulu la célébrer et regrettait de ne l'avoir jamais fait.

Plus tard, peut-être. Ailleurs. Loin. Il chanterait sa beauté perdue.

À ses côtés, Fergus dormait, enroulé dans sa longue cape couverte de rosée. Il posa la main sur son épaule et le Rouge ouvrit aussitôt les yeux.

— Par ma vie, la nuit était belle, s'exclama-t-il en se redressant et en s'étirant avec bonheur. J'étais taureau, je parcourais la terre et traversais les mers.

— Sans doute, as-tu vu ce qui arrive, répondit gravement Eogan en ramassant l'épée contre laquelle il s'était allongé et en la glissant à son baudrier. Partons, Fergus, il est temps de rejoindre les bois sacrés.

— Reviendrons-nous ?

Il y avait une sourde inquiétude dans la voix du jeune homme. L'autre secoua la tête sans répondre. Le visage de Fergus se ferma, et il noua sur sa large poitrine les attaches de cuir de sa harpe, ramassant la besace qu'il avait posée sur une saillie de pierre.

— Alors, allons-y, fit-il, nous n'avons que trop tardé.

Fergus respira l'air vif à pleins poumons, espérant secrètement que quelque chose allait les retenir... Mais non. L'aube était proche, éclairant l'horizon de sa lueur incertaine. Son ami s'éloignait à grands pas. Il fallait partir.

Sur les remparts, les guetteurs allaient et venaient. De la fumée montait encore du chemin de feu où, hier encore, passait le bétail.

Les maisons de bois et de torchis qui enserraient le palais du Haut Roi étaient closes. Dans les venelles désertes rôdaient des cochons et des chiens errants.

À voir ces bêtes fouillant dans des tas d'ordures, une douleur inconnue le traversa. Une vision de ruines envahies d'herbes folles, de troncs noircis par les flammes, de pierres renversées.

Eogan l'attendait à la porte de l'Ouest.

Ils ne se dirent rien, les regards échangés suffisaient.

Les soldats s'écartèrent, et la lourde porte de chêne s'ouvrit en grinçant sur la lande.

23

À quelques pas de là, au pied de l'ultime remblai de terre, une haie de pieux aux pointes acérées entourait le camp des Fianna. Au centre du bivouac, fiché sur une lance, flottait leur étendard écarlate rayé de noir. Les mercenaires se préparaient au départ, fourbissant le fil des coutelas et des haches, graissant les cuirs des harnais, les boucliers, pliant les tentes de toile goudronnée.

Leur chef, Brion le Balafré, ancien seigneur Dal Riata déchu de ses droits, était déjà à cheval avec son lieutenant Oengus.

De haute taille, une hache et un bouclier ovale attachés à la selle de son cheval, il portait une cotte de mailles et un casque surmonté d'un corbeau de bronze aux ailes déployées. Son poing libre serrait un javelot. À sa ceinture, retenue par des chaînes, pendait une épée courte. Sa narine entaillée et ses lèvres fendues lui faisaient un perpétuel rictus, un « sourire de mort » comme disaient ses hommes.

— La foire de Belteine est finie, mais le Haut Roi a peut-être encore besoin de nos services, remarqua Oengus. Pourquoi s'en aller ainsi, alors que nul n'est encore levé au palais, et que nous n'avons pas même revu le *ard-ri* Loegaire ? Surtout, avec ce qui s'est passé hier à l'assemblée des rois.

Brion ne répondit pas. Il observait les destriers aux crins tressés que sellaient ses hommes.

— Où irons-nous ?

— Où nos chevaux nous mèneront, lâcha-t-il sèchement.

— Pourtant j'aurais cru... insista Oengus. Cet homme qui est venu te voir à la nuit tombée dans ta tente. C'est à cause de lui que nous partons, n'est-ce pas ?

De petite taille, brun et aiguisé comme une lame dont il avait le parler tranchant, Oengus était devenu le conseiller de Brion. On disait de lui qu'il avait été druide, mais qu'il avait choisi pour quelque sombre raison, l'errance et la guerre.

Nul ne se serait avisé de lui demander pourquoi, tant il avait le coutelas facile. L'homme ne portait jamais d'épée, mais plusieurs coutels, dont un, forgé disait-on, par un magicien d'Écosse. Une lame que nul n'avait jamais vue, sauf ceux sur lesquels elle avait laissé une fatale et sanglante morsure. Une lame brillante comme l'argent, et qui lui avait donné son surnom : Oengus à la lame d'argent.

Bien que cela ne lui plaise guère, le Balafré prenait rarement ses décisions sans lui. Sauf cette nuit-là. Il ne l'avait pas convié à le rejoindre, lui ordonnant juste de hâter les préparatifs pour le lever du soleil et de seller les chevaux en silence.

— Tu ne sais qui il est, et tu aimerais le savoir, déclara Brion en flattant l'encolure de son cheval rendu nerveux par l'attente. Tu es plus curieux qu'une maudite femelle.

— Par la lance de Lug, j'avoue que j'aimerais savoir qui est cet homme, fit Oengus dont les yeux virèrent au gris, mais pour la ressemblance avec les femelles... Tu sembles oublier comment je sais faire chanter mes lames sur le corps de ceux qui m'offensent !

— Je n'oublie rien. Jamais ! rétorqua le Balafré. Secoue-moi ceux-là, nous partons ! Tu prendras la tête avec l'étendard.

— Mais...

— J'ai dit ! répliqua Brion en talonnant sa monture et en se dirigeant vers un groupe de guerriers qui jetaient des cendres sur des braises. Vous là-bas, éteignez-moi ça correctement !

Oengus s'était tu. Il connaissait trop les fureurs du Balafré et savait n'avoir rien à gagner à lui tenir tête. Un pli soucieux barra son front, alors qu'il donnait ses ordres aux retardataires.

La veille au soir, il avait vu un torque d'or briller au col de l'homme encapuchonné. Sans nul doute, un messager de roi, mais de quel roi ? Quel pouvait bien être celui qui venait en grand secret de louer leurs services et vers quel funeste destin allaient-ils marcher ?

De plus, l'homme portait un objet dissimulé par les plis de sa cape. Un objet qu'il n'avait plus en partant. La mauvaise humeur de Brion et le mystère qu'il faisait autour de tout cela n'auguraient rien de bon.

Oengus caressa la courte lame de jet qu'il réchauffait dans un pli de sa cotte. Il l'avait rapportée de la lointaine île des Baleines, au nord de l'Écosse. Jamais elle n'avait manqué son but, pas plus que celle qu'il portait serrée dans sa botte.

— Ah ma belle ! murmura-t-il en passant ses doigts sur le fil de l'arme. Mon Ullerin, sans doute vais-je bientôt avoir besoin de ton aide.

24

Nul mouvement dans les campements forains. De minces fumerolles montaient encore des feux éteints, autour desquels gisaient endormies des silhouettes d'hommes, de femmes et d'enfants. Dans les enclos, somnolaient les bêtes. Couché à côté d'un garçonnet, un chien dressa la tête. Ses yeux vifs observant le départ silencieux des Fianna, qui longeaient la lisière de la forêt. Le chien bâilla et reposa son mufle sur ses pattes. En dormant, le garçon se retourna, entourant son cou de son bras.

Bientôt le jour se lèverait.

25

Avec un sourd grondement, les cavaliers Fianna, Oengus en tête, portant haut la lance où flottait l'étendard écarlate rayé de noir, passèrent au galop non loin d'Eogan et de Fergus.

Le calme retomba sur la lande. Le soleil embrasait l'horizon.

— C'est la première fois que ceux-là viennent à

Belteine, grommela Eogan en regardant la troupe de mercenaires s'éloigner. Et les voilà partis, alors que Tara dort encore.

— Non ! rétorqua Fergus en ajustant la courroie de sa harpe à son épaule. Ce n'est pas la première fois, ils sont venus l'an dernier, alors que tu étais à Uisnech avec Gwydion. Bien que je sache que notre Haut Roi préfère de beaucoup les hommes d'armes de notre ami Slanga.

— Qu'est-il devenu ? Depuis que je suis à Tara, personne ne l'avait jamais remplacé à la fête de Belteine.

Une expression soucieuse passa sur le visage du Rouge.

— Personne ne le sait. Pas plus moi qu'un autre, et pourtant, mon clan lui était très lié. D'aucuns disent qu'il a gagné l'Écosse avec ses Fianna. C'est possible, car il parlait même souvent d'aller vers les pays d'Orient. Il rêvait de marcher vers le soleil levant, *« jusqu'à le toucher »*, disait-il.

— Je ne savais pas que tu le connaissais si bien...

— C'est une longue histoire, mais je te la conterai plus tard. Toujours est-il que le Balafré s'est présenté à Tara de la part de Slanga et que le roi Loegaire a accepté ses services.

— Qui est cet homme ? On m'a dit que devant tous, hier, sur le champ de foire, il a tué un des siens en lui tranchant les deux bras.

— C'est un maudit que nul ne cherche pour ami ! Il a été chassé de son clan pour avoir tué l'épouse et le fils d'un roi !

— Je crois avoir entendu parler de cela, mais cela remonte à bien des années. Comment s'est-il retrouvé ici, à Tara ?

— Il a payé sa dette de sang, de sa fortune et de ses terres, ensuite il avait le choix entre la mort ou l'exil. Il a choisi l'exil et, comme beaucoup de seigneurs en pareil cas, il est devenu Fianna.

— Et quel est celui qui était en tête de ses hommes, avec son étendard ?

— C'est Oengus, son lieutenant ou son conseiller, on ne sait, pas plus que la raison pour laquelle celui-là est devenu Fianna. On dit même qu'il a suivi l'enseignement des bois sacrés puis, qu'un jour, il s'en est écarté.

— Un ancien druide devenu Fianna ! Cela est pour le moins surprenant.

— D'autant qu'il aurait été initié dans le pays d'Alba, le pays de l'aube, l'Écosse. Il aurait pu devenir un Haut Druide comme Gwydion.

— Tu sembles bien instruit.

— Sur lui, non. Mais sur le Balafré, oui, car il est affilié aux Dal Riata, comme ceux de mon clan... Enfin, il était affilié.

— Ne trouves-tu pas étonnant qu'ils aient levé le camp à l'aube ainsi que des voleurs ? observa Eogan.

— Oui, d'habitude, ils restent pour veiller sur les marchands, souvent même ils les escortent jusqu'aux frontières du royaume et bien au-delà.

— Mais sans doute rien n'est comme d'habitude, Fergus, puisque nous partons, remarqua gravement le Sombre.

26

Ils reprirent leur route, marchant d'un bon pas, courant parfois, ne se retournant pas pour contempler la colline sacrée qui s'effaça soudain, cachée par de lourds nuages d'orage.

Un petit hameau se dressa bientôt devant eux. Une dizaine de maisons tout au plus, dernière étape du monde des hommes avant la ligne sombre de la Profonde, la ténébreuse, la forêt où nul ne s'aventure impunément.

Des pyramides de blocs de tourbe étaient alignées le long d'une palissade. Un coq salua de sa voix éraillée le lever du jour. De la fumée sortait par un trou béant d'une épaisse toiture de roseaux.

Ils abandonnèrent le chemin qui courait vers la plaine, et contournèrent le hameau.

Une sente s'enfonçait entre les herbes folles jusqu'au pied des premiers arbres.

La hache des bûcherons avait laissé en place des troncs de frênes, d'ifs et de trembles, des tas de bois soigneusement empilés, des monticules de sciure et de copeaux blonds que le vent d'Ouest soulevait.

Une pluie froide se mit à tomber, ruisselant de leurs cheveux jusque dans leurs cous. Fergus reprit son chant de marche, Eogan mêlant sa voix à la sienne.

Enfin, il n'y eut plus d'autres traces que celles laissées par les bêtes sauvages. Au-dessus d'eux, les frondaisons formaient une voûte, de minces rais de lumière allumaient ici et là le vert tendre d'une fougère, le rose pâle d'une aubépine.

Ils avançaient de plus en plus lentement, taillant d'un coup d'épée ou de coutelas, les ronces qui leur barraient le passage et griffaient leurs jambes nues, sautant par-dessus des troncs pourrissants, avant de déboucher dans une clairière.

Au centre, se dressait un chêne à l'écorce ligneuse, aux branches basses s'enfonçant profondément dans l'humus. Des écharpes de lichens le drapaient tout entier.

À leur approche, un chevreuil s'enfuit d'un bond, disparaissant dans les taillis.

— *« ...Dair, arbre chef, chêne aux lichens, chêne de mille ans »,* la voix de Fergus s'éteignit.

Il se tourna vers son ami :

— Nous sommes bientôt arrivés.

Ils repartirent, s'enfonçant plus avant, guidés par un lointain murmure. La forêt s'épaississait, et le murmure devint un sourd grondement. Devant eux, à travers la brèche des feuillages, apparaissait le flot tumultueux de la rivière Boand.

– *« Ô Boand, mère de Mac Oc, épouse de Dagda, rivière aux figures*, fit Fergus en s'inclinant. *Fernn, aulnes de Bran,... »*

Sable, et galets polis.

Les deux jeunes gens s'étaient agenouillés sur la pente douce du gué, buvant l'eau, se lavant le visage et les mains.

Des nappes de brumes s'attardaient au-dessus du courant. De jeunes fougères pointaient leurs crosses entre les pierres moussues.

Les oiseaux passaient d'une branche à l'autre, se répondant par de longs trilles. Parmi les roseaux et les herbes folles, dans la vase des berges étaient enfoncées des centaines de statuettes de bois d'aulne. Guère plus grosses qu'une main, leurs yeux sans regard tournés vers le courant.

Eogan s'était déshabillé, ne gardant que la petite roue en bois d'if qu'il portait autour du cou, attachée par un lien de cuir. Fergus le rejoignit bientôt, et ils plongèrent tous deux dans la rivière glacée, s'ébrouant et nageant vigoureusement vers un trou d'eau où sautaient des poissons aux reflets arc-en-ciel.

La peau hérissée par le froid, les cheveux plaqués sur les épaules, ils ressortirent en prononçant les paroles de purification. Enfilant prestement leurs vêtements.

La pluie tombait plus drue encore, brouillant les reflets des arbres, et heurtant les feuillages qui se courbaient sous l'averse.

Assis sur un tapis de mousse, dans le creux d'un rocher, indifférent à tout, Fergus avait sorti son couteau de sa besace, et taillait une branche d'aulne, la sculptant à petits coups précis.

Et puis soudain, un oiseau chanta, et la pluie s'arrêta aussi vite qu'elle s'était déchaînée.

Un rayon de soleil frappa la berge. Eogan enfonça dans la vase, près de celle du musicien plantée par Fergus, une statuette représentant un druide. Ils s'étaient purifiés, avaient prié et fait offrande à Boand.

Il était temps de repartir.

27

La forêt devenait si dense, qu'au bout d'un moment, les rares rayons de lumière qui pénétraient encore ses frondaisons disparurent tout à fait.

Il faisait noir comme dans une caverne. Autour d'eux, tout était opaque, plus de chants d'oiseaux, rien que des craquements, des sifflements, des feuillages froissés par d'autres pas, animaux ou humains, que les leurs.

Depuis qu'ils avaient traversé la rivière, Fergus psalmodiait à nouveau les paroles de marche, égrenant les repères qu'ils devaient trouver en chemin, une pierre dressée, un tronc fendu par l'éclair, la carcasse d'un sanglier au pied d'un if.

Leurs yeux s'habituaient à l'obscurité, leur pas s'affermit.

La première statue, silhouette tordue, bouche béante, aveugle, se dressa enfin devant eux.

Fergus reprit son chant avec plus d'assurance.

Frôlant le gardien de bois, il écarta des taillis, découvrant une sente barrée par la forme maigre d'une seconde statue, puis par une autre encore.

Sentinelles de bois noircies, visages grimaçants, bouches édentées, bras tendus vers les étrangers osant s'aventurer dans la Profonde.

Eogan répéta les paroles, puis s'arrêta net.

Le squelette blafard d'un arbre mort se dressait en travers de leur chemin. Des lanières de tissu multicolore pendaient à ses branches délavées par les pluies.

Le vent s'engouffrait en sifflant dans la fente béante de son tronc.

Ils sortirent de leurs besaces des fins rubans de tissu qu'ils nouèrent à la plus haute branche. Fergus s'était tu.

Même le vent n'était plus que murmure.

Tout était silence.

Devant eux, s'ouvrait le portique d'if conduisant au bosquet sacré. Un portique si bas qu'il leur faudrait se courber pour le franchir.

28

La clairière dans laquelle ils débouchèrent était vide. Des statues la gardaient. Celles des grands druides qui les avaient précédés en ce lieu. Des formes sculptées dans le bois des arbres chefs, « *cuileann, ochtach, dair, aball, ibur, iundius, coll* », houx, pin, chêne, pommier, if, frêne, noisetier...

Des silhouettes humaines rongées par la toison grisâtre des lichens, par les pluies et les neiges.

Au centre du cercle, dans une coulée de roches grises, s'ouvrait la bouche noire d'une grotte sur le seuil de laquelle achevait de se consumer un feu.

Fergus s'avança le premier. Il sentait le regard fixe des statues posé sur lui. Leur présence.

Jamais il n'était venu ici sans crainte.

Malgré le jour qui perçait la voûte des arbres, entrer dans le bosquet sacré, c'était s'enfoncer dans un lac dont on ne connaissait pas la profondeur. Glacé, vert, parcouru d'ombres fugaces.

Crépitement du bois dans les flammes.

Un frôlement à peine perceptible dans l'obscurité de la caverne.

Deux hautes silhouettes blanches, bandeaux et baguettes d'or, Gwydion et Lucat Mael venaient vers eux. Ils s'inclinèrent, mais aucune parole ne s'échangea. Le Haut Druide jeta une branche dans le feu dont les flammes léchèrent sa main.

29

L'attente ne fut pas longue. Des jeunes gens et des hommes sortaient des taillis, des filles et des femmes aussi, et parmi elles, Deirdre. Toutes et tous, apprentis *bandrui*, druidesses, druides ou bardes.

Quand ils furent une cinquantaine, Lucat Mael se leva de la saillie rocheuse où il s'était assis, et leur fit signe de s'ouvrir en un large cercle, qu'aucun ne soit devant aucun.

« Paix jusqu'au ciel
Du ciel jusqu'à la terre
Terre sous le ciel
Force à chacun. »
déclara-t-il d'une voix forte.

Tous s'agenouillèrent. Ainsi commençait l'enseignement.

Ainsi apprenaient-ils chaque jour, le sens du monde. Le nom de chaque plante, de la *gum croinn*, la gomme d'arbre, à la *buafallan liath*, l'armoise grise, et de chaque pierre — *anmanna in argedlaim*, les noms de la main d'argent... Celui des animaux du ciel, de l'eau et de la terre, l'âme des arbres, les étoiles, la lune, et l'homme enfin.

La leçon se poursuivit jusqu'à ce que le soleil atteigne son apogée.

D'aucuns avaient joué de la harpe ou de la flûte, mais surtout, tous avaient composé, chanté et répété les paroles, maintes et maintes fois apprises.

Tous s'étaient affrontés en duel d'esprit et de musique.

Certains suivaient l'enseignement depuis peu, d'autres étaient là depuis bientôt dix ans.

Enfin, vint l'apprentissage de la langue sacrée, la langue commune à tous les druides qu'ils viennent d'Armorique, d'Écosse ou du Pays de Galles.

Une langue complexe venue de la compréhension des arbres et du mouvement du soleil, de la lune et des étoiles, mélange de mots et de signes, de danse et de chants. Une langue que seule une vie entière permettait d'appréhender dans sa totalité.

Il y avait parmi ceux-là les Hauts Druides de demain.

Déjà différents. Ils apprenaient les incantations et la divination. Le *Glam Dicinn* ou malédiction suprême, incantation de destruction et de mort, le *Teinm Laegda* ou illumination par le chant, l'*Imbas Forosnai*, la science qui illumine...

Eogan était l'un d'eux, et bien que son tempérament l'incline vers les armes, il surpassait ses compagnons par la profondeur de ses observations et par cette prescience qu'il avait du monde.

Fergus et Deirdre reposèrent leurs harpes, arrêtant de leurs paumes la vibration des cordes.

Gwydion leva sa baguette d'if, signifiant qu'il était temps de garder le silence.

Car l'enseignement était aussi fait de silence.

30

Le jour déclinait. Ils devaient tous regagner Tara. Lucat Mael s'inclina très bas devant Gwydion qui lui rendit son salut.

Un à un les élèves se levèrent, et firent de même avant d'emboîter le pas à leur maître, s'enfonçant sans bruit dans la Profonde.

Deirdre était la dernière, elle lança un regard à son frère, mais celui-ci ne s'en aperçut pas. Tout comme son compagnon, il restait assis en posture de silence, les yeux clos. Les traits de la jeune fille se crispèrent imperceptiblement et elle s'éloigna, se baissant pour franchir le portique d'if.

Quand Fergus prit à nouveau conscience du vent qui s'était levé, et du gémissement des hautes futaies, ils étaient seuls.

Les autres avaient disparu et une singulière clarté jaune envahissait la clairière. Un jaune qui voilait ce qui les entourait et donnait à leurs visages un aspect irréel. Au milieu des roches grises, était la grotte sur le seuil de laquelle se tenait toujours Gwydion.

— Venez tous deux, fit-il en se levant, il est temps.

Et ils entrèrent dans la caverne. L'humidité prit Fergus à la gorge. Une odeur de moisi, de poussière ancienne, d'humus. Jamais personne n'avait voulu lui conter ce qui se passait ici, dans ce lieu où s'achevait une partie de l'enseignement sacré.

La première salle s'étirait en longueur, et dans le fond, s'ouvrait la bouche sombre d'un tunnel.

Sur une couche de pierre, près de la paroi, étaient posés une litière de paille, un drap et un manteau de laine épaisse. Une malle fermée, un billot de bois pour siège.

C'est ici qu'aimait se retirer le Haut Druide, loin de ses serviteurs et des honneurs de Tara. Loin de tous, au cœur de la Profonde.

Des brandes de bruyères crépitaient dans un brasero, éclairant par intermittence une table où étaient rangées une petite lampe à huile en terre cuite, une cruche de bronze et deux coupes de bois. La main de Gwydion effleura une branche couverte de bourgeons et de gouttes de résine ambrée, un morceau de galette et du sel.

— Mange et bois ! ordonna-t-il en tendant le rameau à Eogan. Toi aussi le Rouge.

Sans hésiter, Eogan croqua un bourgeon, avala un peu de pain, une pincée de sel, puis vida la coupe où le druide avait versé un vin herbé aussi clair que l'eau d'une source.

Une forte odeur de noisette et d'amande et d'autres parfums aussi, qu'il ne réussit pas à identifier, montait aux narines de Fergus alors qu'il avalait à son tour la boisson.

31

— Je vous attendrai ici, dit le druide en s'asseyant sur sa couche.

La boisson était amère et ardente comme du feu. Fergus reposa sa coupe, avalant l'air à grandes goulées, mais la sensation de brûlure ne s'effaça pas.

Eogan avait disparu dans les ténèbres. Le bruit de ses pas s'éteignit, et une terrible angoisse serra le cœur du Rouge.

Qu'y avait-il dans ce lieu sans lumière ? Cet abîme reliant le monde des hommes à celui des dieux, les Tuatha de Danann ?

La main de Gwydion effleura son épaule, dissipant son malaise.

— N'aie crainte, prends cette torche et suis-le, mon fils ! l'encouragea-t-il. Vos destins sont liés, tu le sais depuis longtemps.

— Oui, ô mon aîné, j'obéirai, répondit le jeune homme avant de s'engager à son tour dans l'étroit passage, suintant de salpêtre.

Chapitre 4

« Une question, ô garçon d'enseignement,
quel est ton nom ?

— Ce n'est pas difficile :
Très petit.
Très grand.
Très dur.
Très brillant (...)

Imacallam in da Thuaraid
Le dialogue des deux sages.
Traduction Christian-J. Guyonvarc'h

32

À bien des milles à l'ouest du bosquet sacré, les Fianna venaient de rejoindre les berges du Lough Ree.

Devant eux, s'étendait le grand lac dans lequel se déversait la rivière Sinand. Des cygnes blancs y dérivaient. Les grands oiseaux, leurs longs cous reposant sur leur plumage immaculé, ne réagirent pas à l'apparition des cavaliers.

Dans les eaux calmes se reflétaient les frondaisons de chênes et d'aulnes qui couvraient les rives hérissées de roseaux.

En face, se dressait l'île d'Hare, mince levée de terre couverte de fourrés et de saules aux branches dénudées.

— On s'arrête ici ! ordonna le Balafré en posant pied à terre, et en attachant son destrier à la fourche d'un bouleau.

Oengus se tourna vers ses hommes, leur donnant quelques ordres brefs. Les Fianna savaient obéir vite. En quelques instants, leurs chevaux furent dessellés, conduits au gué, puis à la pâture.

Quelques-uns d'entre eux partirent chasser, pendant que d'autres taillaient des pieux pour protéger les abords du campement. Enfin, tout fut prêt.

Le soleil amorçait sa descente sur l'horizon.

Au-dessus des braises, sur un grillage de branches, rôtissaient des quartiers de chevreuils et des lièvres recouverts d'herbes aux senteurs poivrées.

La tente du Balafré et de son lieutenant était plantée, les litières installées.

Des guetteurs avaient pris place à la lisière des arbres.

Alors qu'ils mangeaient et buvaient, l'appel rauque d'une corne donna l'alerte. Les cygnes déployèrent leurs longs cous, regardant avec curiosité celui qui marchait en chantant sur la berge.

Il se dirigeait droit sur le camp, et ne semblait même pas avoir pris conscience de la présence des guerriers.

Pauvrement vêtu d'une tunique de paysan, pieds et jambes nus, une besace à l'épaule, un bâton de marche à la main, l'homme avançait d'un bon pas.

— Amenez-le-nous ! jeta Oengus, en ôtant de sa bouche le morceau de viande qu'il déchiquetait à belles dents.

Deux Fianna partirent à la rencontre du marcheur. L'un deux lui barra le chemin, l'autre se plaça derrière.

L'homme s'arrêta. Nulle crainte ne se lisait sur son visage. Il s'était tu, et attendait, un vague sourire sur son jeune visage mangé par une longue barbe brune.

— Suis-nous, notre chef veut te parler !

Il leur emboîta le pas et se présenta devant le Balafré, assis sous l'auvent de sa tente avec Oengus. Une fine pluie s'était mise à tomber, ruisselant sur la toile goudronnée.

Après l'avoir dévisagé, le Balafré fit signe qu'on les laisse.

L'autre s'avança. Il souriait toujours, et son regard affronta celui des chefs Fianna.

— Te voilà bien joyeux, ou bien fol ! observa Oengus. Tu voyages seul ?

— Oui, seigneur Fianna.

— Tu n'es donc point si fol qu'il y paraît, remarqua Oengus, puisque tu sais qui nous sommes. Qui es-tu ?

— Mon nom est Kieran, seigneur.

— Quel est ton clan ? demanda brusquement le Balafré.

— J'ai renoncé à mon clan, comme à toutes choses en ce monde, seigneur, fit l'homme sans cesser de sourire.

— Comme nous autres. Bien que souvent, c'est plutôt notre clan qui ait renoncé à nous, observa le chef Fianna. D'où viens-tu ?

— Je viens d'Inishmore, dans l'île d'Aran.

— J'ai entendu parler de ces îles, mais tu es bien loin de chez toi, l'homme.

— Je n'ai pas dit que c'était chez moi, seigneur, et d'ailleurs, ce n'était pas là votre question, vous m'avez juste demandé d'où je venais, non où j'étais né.

À cette précision énoncée avec calme, le Balafré blêmit, tandis qu'une lueur amusée s'allumait dans les yeux d'Oengus.

— Cesse de jouer avec moi ! grogna le géant dont la cicatrice se creusa sous l'effet de la colère, et dis-nous où tu es né ?

— Dans un hameau, près de Cruachain, seigneur.
— Et que viens-tu faire ici alors ? tonna le Balafré.

L'autre se redressa de toute sa taille, le visage illuminé, les yeux brillants, prononçant d'une voix forte :

— Alors écoutez-moi, seigneur de guerre Fianna, car ce récit, d'autres vous le feront peut-être, et alors vous vous souviendrez du pauvre Kieran, l'homme rencontré sur les bords du Lough Ree...

— Voilà bien les paroles d'un fol ! s'exclama le Balafré.

— Écoute-le, fit Oengus intéressé par la conviction que dégageait ce singulier personnage. Ensuite nous déciderons de son sort. Allez toi, continue !

— Une nuit, en songe, j'ai vu un grand arbre pousser au centre de l'Irlande. Un arbre immense qui étendait ses ramures sur les cinq royaumes, un arbre toujours vert à la cime frôlant le ciel d'où s'envolaient des cygnes blancs comme la neige de Grianan. Enda m'a dit de retourner sur les bords de la Sinand pour trouver l'emplacement des racines. Je vais sur l'île d'Hare pour y rêver à nouveau.

— Un arbre couvrant les cinq royaumes ! Je t'ai dit qu'il était fou, fit le Balafré en se tournant vers son compagnon.

— Laisse-le-moi ! fit Oengus que les propos du marcheur intriguaient de plus en plus. Je saurai qui il est.

— Oui, emmène-le loin de ma vue. Je veux manger et boire en paix. Demain, la route sera longue. Tu l'auras voulu, déclara le Balafré avec un mauvais sourire. Mon ami n'a pas ma patience, ses lames sauront te faire parler.

— Je ne crains personne, observa Kieran.

Le sourire de mort s'accentua sur la face du Balafré.

— Emmène-le avant que je ne lui enseigne la peur !

Déployant leurs ailes, les cygnes s'envolèrent, tandis qu'Oengus entraînait l'homme vers le couvert de la forêt.

33

— Assieds-toi ! ordonna le Fianna.

L'homme obéit avec docilité, posant à côté de lui sa besace et son bâton et prenant place sur un nœud de racines.

— Que faisais-tu à Inishmore, Kieran ?

— J'étudiais les paroles avec Enda.

— Qui est cet Enda ?

— Un saint homme, seigneur.

— Tu veux dire un druide ?

— Non. Non, pas un druide.

— Et que voulais-tu dire avec cet arbre qui recouvrira les cinq royaumes ?

— C'est un arbre de foi dont les racines courent déjà sur notre terre, et dans bien d'autres contrées que la nôtre.

— Tes racines ont donc traversé les mers et le pays souterrain des Tuatha de Danann ?

— Si tu veux, éluda l'autre. Mais qui es-tu toi-même, toi qui voyages avec cet homme de mort ?

Un sourire tordit les lèvres d'Oengus.

— Tu dois bien être le seul à oser me poser pareille question en me regardant en face. Mon nom est Oengus, mais n'en demande pas davantage.

— Ton nom me suffit et ton regard aussi.

— Que veux-tu dire ?

— Tu as été druide et respecté de tous, avant de devenir homme de sang. Je me souviendrai et prierai pour toi. Si Dieu le veut, nous nous reverrons.

— Qu'est-ce qui te fait croire, Kieran, que je vais te laisser la vie sauve ? demanda Oengus avec froideur.

— Nul ne m'empêchera que la mort noire. Je l'ai vue en songe. Mais avant je ferai ce que je dois... Et tes lames n'y pourront rien.

Oengus allait rétorquer sèchement, mais l'autre ajouta tranquillement :

— Même celle à laquelle tu as donné nom d'étoile.

À ces derniers mots, Oengus pâlit. Nul ne connaissait, sauf ceux qu'il avait tués, le nom de la courte lame qu'il cachait dans son giron. Ullerin, l'étoile des marins revenant vers l'Irlande.

— Quel étrange homme tu fais, remarqua-t-il. Qu'appelles-tu la mort noire ?

— Un fléau qui viendra bientôt par les bateaux, et tuera beaucoup des nôtres.

Le Fianna contempla le visage mince de Kieran, ses yeux brillant d'un feu trop ardent. Il était fou sans doute, ou trop sage pour lui, car ses mots contenaient bien des vérités cachées à tous...

— Tu as raison, je vais te laisser en vie, fit-il en sortant son coutel de sa ceinture. Donne-moi ton bras.

Kieran plongea son regard dans celui du Fianna et obéit. Le sang coula sur le tranchant de la lame. Une mince entaille courait maintenant sur l'avant-bras de l'homme.

— Va maintenant et fais ce que tu dois faire. Il ne sera pas dit qu'Oengus t'aura tué.

Kieran s'inclina, faisant un geste étrange, reliant de ses doigts minces son front, son cœur et ses épaules avant de disparaître dans les fourrés.

La nuit obscurcissait les bois. Au campement, s'allumaient les flambeaux.

— Qui va là ? demanda un soldat en lui barrant le passage.

— Oengus !

— Pardon, seigneur, fit l'autre en s'écartant avec crainte devant le lieutenant du Balafré.

Le Fianna retourna s'asseoir sous l'auvent et, sans un mot, se remit à manger. Voyant le sang séché sur sa lame, le chef des Fianna demanda brièvement :

— Tu l'as tué ?

— Non pas, je lui ai juste tailladé la couenne pour qu'il ne parle jamais sans respect de toi, le Balafré.

L'autre hocha la tête et n'ajouta rien. Oengus lui versa une grande rasade de vin herbé. Autour des feux, les hommes murmuraient, gagnés peu à peu par le calme et l'angoisse de la nuit.

La boisson montait à la tête du Balafré. Tout se brouillait, le bruit de la pluie tambourinant sur la toile, le ronflement d'un soldat, l'appel d'un guetteur. Il se rappelait sa vie passée. Ce qu'il avait perdu, l'enfant aux cheveux bruns, et celle qu'il avait tuée de tant de coups de couteau que nul n'en avait pu faire le compte...

— Oengus ?

— Oui.

— As-tu jamais aimé ?

Oengus ne répondit pas. Le visage du Balafré s'était crispé. Il se leva, et insoucieux de la pluie ruisselant sur son visage, s'adossa à un arbre.

— Moi oui, tonna le chef des Fianna, une déesse de la mort pâle, aux cheveux noirs comme la nuit, aux seins...

Devant lui, se dressa soudain une silhouette blême aux longs cheveux flottants, le flanc couvert de plaies, la bouche ouverte en un cri que nul n'entendait plus. Ses yeux de braise plongèrent dans les siens et, d'un coup, elle disparut tout entière, engloutie par l'arbre auquel il s'appuyait.

— Par le chien de Culann ! Maudite ! s'exclama-t-il soudain en saisissant le coutel qu'il portait à la ceinture et en le plantant à plusieurs reprises dans le tronc dont il déchiqueta sauvagement l'écorce.

L'air égaré, il retourna sous l'auvent de toile, se laissant tomber, plus qu'il ne s'assit sur un des billots de bois.

— Donne-moi à boire ! gronda-t-il. Par Ogmios, donne-moi à boire !

Sortant une nouvelle jarre de vin de sous la tente,

Oengus s'exécuta sans mot dire. Il savait quel habitant de l'Autre Monde hantait le Balafré, et une nuit ou l'autre, une Bé Danann, une messagère du Sid, viendrait le chercher.

Les hommes de garde allaient et venaient silencieusement à la lisière du camp. Quelque part au-dessus de leurs têtes, souffla une dame blanche, une chouette effraie posée sur une haute branche, prunelles dilatées par la lueur des flammes.

La nuit s'achevait presque, quand le chef des Fianna bascula en avant et s'endormit à même le sol, un filet de bave s'écoulant de sa bouche entrouverte. Oengus l'enjamba et regagna sa couche.

34

Eogan devait être loin devant lui dans les profondeurs de la caverne. Fergus n'avait pas essayé de le rattraper, mais s'était enfoncé à son tour dans les méandres de la grotte.

Un escalier de pierre l'avait mené dans une salle habillée de draperies étincelantes.

Le silence y était juste rompu par l'eau qui gouttait des parois, des frôlements d'insectes, la fuite d'animaux invisibles...

Ses pas résonnaient dans l'obscurité. Cela faisait un moment qu'il marchait ainsi la torche levée, droit devant lui.

Il sentait encore dans sa gorge l'amertume du vin d'herbes, le goût de la résine et du sel.

Le halo de lumière se reflétait sur la pierre luisante et grasse. Des chauves-souris s'envolaient en criant.

Il trébucha, et s'arrêta le cœur battant. Impossible d'aller plus loin.

Devant lui, il n'y avait plus qu'un précipice et, en face, une paroi aussi abrupte que celle d'une falaise.

En contrebas et au-dessus de lui, tout était noir, d'un noir mortel, sinistre et dangereux. Il recula et s'adossa à la roche, la gorge nouée.

C'est alors qu'il entendit le hurlement de rage d'Eogan et le fracas des épées.

Répercuté par l'écho, le son venait de partout à la fois, l'environnant, tournoyant autour de lui.

— Eogan ! hurla-t-il.

— Eogan, Eogan, Eogan ! lui renvoya l'écho.

Toujours le fracas des armes...

— Fergus, fit soudain une voix douce derrière lui. Fergus, je suis là. Viens.

Le jeune homme se retourna lentement. Cette voix... Non, ce n'était pas possible...

Tout près de lui, immobile, son hermine enfouie dans ses longs cheveux roux, se tenait Deirdre.

Un courant d'air balaya la flamme de sa torche, et le monde bascula dans les ténèbres.

35

Eogan avait roulé sur le sol, et s'était relevé d'un bond. L'autre, un géant bardé de fer, le visage masqué par un casque orné d'un corbeau le chargeait sans répit, frappant et frappant encore.

Ils avaient planté leurs torches dans le sable. Hautes silhouettes. Ombre démesurée des ailes du corbeau sur la pierre des parois.

— Que me veux-tu, l'homme ? avait grondé Eogan, quand l'autre lui avait barré le passage.

— Ta peur.

— Tu cherches quelque chose qui n'existe pas. Mais moi, j'aurai ton sang. Quel est ton nom ?

L'autre se jeta sur lui sans répondre. Eogan esquiva, puis se jeta en avant, l'épée haute. Au début, tous deux combattirent en silence, soufflant, cognant. Obstinément comme des bêtes sauvages.

Puis, alors qu'il esquivait une nouvelle fois la massue de l'homme, Eogan poussa un long cri de rage. Un cri qui se répercuta dans toute la caverne et pour la première fois, blessa l'autre du tranchant de sa lame.

Le sang jaillit, noir comme celui d'une bête en rut. Le sang d'un cerf tué par les chasseurs, le sang qui rend fou.

C'est alors que l'autre se métamorphosa, ses muscles tremblaient sous sa peau et enflaient, son casque roula au sol, révélant un visage balafré aux yeux révulsés de rage.

Les pupilles s'ouvraient démesurément, et elles étaient aussi noires que le sang qui continuait à couler de la plaie, aussi profondes et insondables qu'un abîme.

Ses cheveux s'étaient hérissés sur son crâne et ondulaient comme des serpents. L'homme se tordait devant lui. Ses bras et ses jambes se pliant et se dépliant en craquant, la peau de son visage se ridant...

Eogan avait baissé son épée. La mare de sang noir fumait aux pieds de l'autre. Il ne savait plus s'il affrontait Cuchulainn. S'il combattait un mort ou un dieu. Si déjà, lui-même avait basculé dans l'Autre Monde.

Il songea un bref instant à s'enfuir, mais relevant sa lame, chargea à nouveau, frappant... Le vide.

L'homme avait disparu. Il ne restait plus rien. Pas même son sang avalé par le sable.

Eogan se laissa tomber à genoux.

36

— Deirdre, où es-tu ?

— Viens, suis-moi, répéta la voix de la jeune femme derrière lui.

— Pourquoi es-tu là ? Comment...

— Viens !

— Ce ne peut pas être toi. Où est Eogan ? Il a appelé.

Un bruit de pas léger puis, plus rien et toujours ce noir. Derrière lui, le précipice, il fallait qu'il s'en souvienne.

Le souffle court, il guetta une réponse qui ne vint pas.

— Deirdre ?

Sa torche se ralluma d'un coup au bout de son bras.

Il n'était plus au même endroit. Il était seul dans

une salle au sol tapissé de sable fin, au centre il y avait une grande vasque de pierre emplie d'eau.

Juchée sur le rebord, l'hermine de Deirdre le fixait de ses petits yeux vifs. Il tendit la main vers elle et elle grimpa sur son bras avant d'aller se lover contre son cou.

Dans la vasque, l'eau claire s'était brouillée, agitée de vaguelettes. Intrigué, Fergus se pencha et un visage de femme lui apparut alors.

Tout proche. Et ce n'était pas celui de Deirdre. Un visage laiteux, entouré d'une longue chevelure blonde.

— Qui êtes-vous ? murmura Fergus, fasciné malgré lui par la beauté de l'apparition.

Comme si elle l'avait entendu, elle tourna vers lui des yeux noirs pailletés d'or.

Un regard qui clamait vengeance, avant de s'agrandir sous l'effet d'une terreur sans nom.

L'eau devenait noire, d'un noir boueux, qui envahissait la clarté de la vasque, engloutissant la chevelure de la femme, montant à sa bouche, à ses narines, à ses yeux...

Fergus cria, enfonçant ses deux mains dans la fange pour saisir l'apparition, mais il n'y avait plus rien qu'une eau lisse, transparente et froide comme de la glace.

Chapitre 5

(...) Ardeur du feu.
Feu de paroles.
Bruit de connaissance.
Source de richesse.
Epée de chant.
Art direct,
avec l'amertume du feu.

Imacallam in da Thuaraid
Le dialogue des deux sages.
Traduction Christian-J. Guyonvarc'h

37

Que s'était-il passé au juste ? Avait-il rêvé ? Fergus reprit ses esprits dans la première salle.

Il entendait à nouveau le chant des oiseaux et le ruissellement de la pluie à l'orée de la caverne.

Eogan était adossé à la paroi et Gwydion, assis sur le rebord de sa couche, leur parlait, les initiant aux chants du voyage, les écoutant répéter chaque arbre, chaque pierre, chaque rivière qu'ils rencontreraient en chemin.

Le brasero jetait une lueur indécise sur toute chose et dehors, l'aube pointait déjà. Il s'entendait parler et pourtant, une partie de lui-même était encore là-bas dans le noir avec Deirdre, ou son apparition.

Il jeta un bref coup d'œil à son ami, quêtant quelque réponse à ses interrogations, mais celui-ci était tout à son apprentissage.

— « Trois nuits vers le couchant, neuf noisetiers, maison d'argile, abeilles de sable, première nuit, bouleau d'argent... »

Enfin, quand ils eurent fini, Gwydion leva la main.

— Bien, mes fils, il est temps de partir.

« Paix jusqu'au ciel
Du ciel jusqu'à la terre
Terre sous le ciel
Force à chacun. »

— Paix sur vous, ô notre aîné, répondirent-ils tous deux, en s'inclinant très bas devant celui qui leur avait tout enseigné.

Cependant trop de questions tournaient encore dans l'esprit du Rouge. Il s'avança d'un pas et avait à peine ouvert la bouche que Gwydion l'interrompait d'un geste :

— Ne sais-tu donc toujours pas, Fergus, que réalité et rêve sont issus d'un seul et même fil ? Peut-être as-tu vu ce qui arrive ou ce qui est arrivé. Peut-être as-tu approché ton ennemi, ou celui qui toujours te viendra en aide ?

— Mais cette femme dans la vasque...

Le druide secoua la tête en signe de dénégation.

— Allez, mes fils ! Souvenez-vous : trois nuits vers le couchant et vous trouverez la chaussée de bois que nul n'emprunte.

La mine sombre, Fergus acquiesça. Il ne pouvait oublier cette bouche noyée de vase, ces yeux révulsés, ce hurlement qui continuait à résonner à l'intérieur de son crâne.

Il nouait l'étui de sa harpe quand un mouvement attira son attention. Derrière le sac d'Eogan, deux minuscules yeux noirs le fixaient. Dressée toute droite sur ses pattes arrière, l'hermine de Deirdre semblait l'attendre.

— Petite magicienne ! Tu es là, vraiment là ! murmura-t-il en se penchant vers l'animal qui vint se frotter à sa main tendue puis grimpant le long de son bras, lui mordilla doucement le lobe de l'oreille.

Le visage impassible, le Haut Druide les observait. Il prit son bâton et s'y appuya, un peu plus lourdement qu'à l'accoutumée, courbant sa haute taille pour sortir.

Dehors, deux chevaux les attendaient, des besaces de cuir et des outres suspendues aux arçons des selles.

— Prenez-en grand soin, ce sont de fiers compagnons, remarqua Gwydion qui s'était arrêté au seuil de la caverne. Ils sont vôtres désormais. Le Noir avec une étoile en tête à toi, Eogan, le Gris de Tara, pour Fergus. Vous avez de quoi manger et boire pour cinq jours de selle.

Jamais ils n'avaient eu leurs propres chevaux et ceux-là, de magnifiques hongres, étaient des bêtes de guerre, le poitrail large, le jarret puissant, l'arrière-main râblée.

Ils s'approchèrent, flattant l'encolure, passant doucement la main sur les naseaux soyeux.

Le Noir hennit sous les caresses d'Eogan, le Gris frotta son museau contre la poitrine de Fergus.

Après un dernier signe d'adieu à Gwydion, ils prirent les bêtes par la bride et s'enfoncèrent dans la forêt.

38

— Il a dit trois nuits et notre chant est bientôt achevé. Crois-tu que nous approchions du but et que derrière cette plaine se cachent les tourbières de Corlea ? demanda Fergus qui avait talonné le Gris pour se placer aux côtés de son ami, immobile et raide sur sa selle.

Les doigts crispés sur les rênes de sa monture, Eogan ne pouvait détacher son regard de la lande couverte de bruyères et d'arbres dépecés par la foudre. Il contemplait d'un air hagard l'étendue désertique, hérissée d'énormes blocs de roches grises.

— Eogan ! Eogan, tu m'entends ? insista le Rouge.

Mais l'autre ne répondait toujours pas et Fergus sentit la colère l'envahir. Il avait l'impression de n'être pas là où il devait être. Depuis qu'il avait quitté la grotte, il ne cessait de penser à Deirdre, et aussi à cette femme. Il se demandait même s'il avait eu raison de suivre Eogan dans sa quête. Car c'était sa quête. Lui n'était qu'un musicien, un poète, et sa place n'était pas au combat ni sur ces mauvaises sentes où ils chevauchaient depuis deux jours, prenant à peine le temps de faire reposer les bêtes, tout juste celui de dormir quelques heures quand la pleine lune disparaissait derrière les nuages.

Eogan, muré dans son silence, et lui, égrenant les repères du chant du voyage. Eogan qui mangeait à peine, ne parlait plus. Eogan dont le regard fixe ne semblait même plus le voir.

— Eogan ! gronda-t-il.

Des nuées noires envahissaient le ciel troué par endroits de scintillantes colonnes de lumière. Un vent froid s'était levé et se lamentait, se glissant sous leurs capes, glaçant les visages et les mains. La petite hermine s'enfonça plus profondément dans la tunique de Fergus.

L'orage approchait, zébrant l'horizon d'éclairs blancs. Un coup de tonnerre éclata. Tout proche, affolant les chevaux.

— Il faut trouver un endroit où s'abriter, insista le Rouge.

— Oui, oui, fit enfin Eogan, avant d'ajouter : Je suis déjà venu ici.

— Qu'est-ce que tu racontes ? grommela Fergus. Nous ne savions même pas les chants pour y arriver.

— Je te dis que je suis déjà venu, répéta simplement Eogan.

Le ton était si déterminé que Fergus ne douta pas davantage. Il posa sa large main sur l'épaule de son ami.

— Je te crois.

— Je ne sais vers quoi nous chevauchons, mais je regrette chaque jour davantage de n'être pas seul. Il ne peut y avoir que notre sang répandu au bout de ce chemin.

— Tu es fatigué, et moi aussi, répliqua le Rouge en haussant les épaules. Tu vois ces rochers là-bas ?

— Oui.

— Peut-être y trouverons-nous un abri, ensuite

nous parlerons. Moi aussi, j'ai à te dire. J'ai beaucoup réfléchi ces deux derniers jours.

Fergus talonna le Gris qui répondit aussitôt à sa sollicitation et partit au galop, le Noir derrière lui. Ils furent bientôt sous un large auvent de pierre, derrière lequel s'ouvrait une cavité suffisamment haute pour y tenir debout.

Des traces d'anciens feux, terre remuée, pierres en cercles, morceaux de branches calcinées, montraient qu'ils n'étaient pas les premiers à se réfugier ici.

— Je vais chercher du bois avant qu'il ne pleuve à nouveau, fit Fergus en sautant de selle. Je te confie le Gris.

Eogan s'empara des rênes, entraînant les montures vers le fond de la grotte. Il les bouchonna, les étrilla, vérifiant les fers et leur donnant à boire dans le chaudron servant aux repas.

Enfin, le jeune homme prit dans les sacoches des morceaux de viande séchée et de galette. L'hermine furetait partout, poussant des petits cris aigus. Elle courait d'une paroi à l'autre, se glissant dans des fissures, enfin elle s'élança dehors.

Les bras chargés de bois et de brandes de bruyère, Fergus était revenu et, accroupi, arrangeait un cercle de pierres, y disposant des écorces et de la mousse.

— Il était temps, un peu plus nous n'avions plus rien de sec pour allumer notre feu, s'exclama-t-il.

Le Rouge semblait avoir retrouvé sa bonne humeur. Il sifflotait une vieille ballade. Dehors, la pluie commençait à tomber drue, noyant la lande sous un voile opaque.

Le pelage ruisselant, l'hermine revenait déjà, traînant derrière elle un lièvre qu'elle avait saigné à blanc.

— Ah, ma petite magicienne ! s'exclama Fergus en attrapant la proie. Beau gibier, ma foi, et bien lourd pour toi. Je vais le cuisiner. Repars te chercher autre chose.

La bête parut comprendre et, après s'être brièvement nettoyé le museau avec ses pattes, disparut à nouveau. Fergus avait sorti de la bourse qu'il portait à la ceinture un mince étrier de métal et un silex taillé. Patiemment, il les frotta l'un contre l'autre jusqu'à ce qu'une petite étincelle jaillisse, embrasant la mousse, sur laquelle il ajouta de la bruyère et des branches d'épineux.

Enfin, il dépeça le lièvre et l'enfila sur une broche improvisée. Une odeur de viande grillée monta bientôt dans la caverne.

— Et voilà ! fit-il en se frottant joyeusement les mains.

Eogan le fixait d'un air grave.

— Plus nous avançons, déclara-t-il, plus je me demande si j'ai eu raison de t'entraîner avec moi, Fergus.

— Tu ne m'as pas entraîné, j'ai choisi de te suivre.

— Pourtant... Mais tu as raison. Alors, il faut que tu disposes des mêmes armes, que tu saches tout ce que je sais. Je ne t'ai pas conté ce qui s'était passé dans la grotte de Gwydion, ni expliqué le rêve qui me poursuit depuis toujours. Il est temps.

— Je t'écoute, fit le jeune homme en s'asseyant en face de son ami, le dos contre la paroi.

Les yeux gris d'Eogan s'assombrirent, virant au noir. Même sa voix était différente quand il commença :

— Mon rêve... Tu vois ce pays, cette lande... Mon rêve débute toujours avec elle. La forme et la couleur des pierres et des arbres est la même. Comment te dire ? Même la terre et le ciel sont identiques. *« Au début est la lande,* dit-il d'une voix sourde, *hérissée de blocs de pierre, cernée de nuées noires que transperce parfois un trait de lumière. »* Et, en ce moment, Fergus, alors que je te parle, je ne sais si je rêve encore ou si je suis vraiment ici, avec toi, dans cette caverne.

— Tu te souviens de ce que disait Gwydion alors que j'allais l'interroger sur ce qui s'était vraiment passé dans la grotte. Rêve et réalité sont faits d'un seul et même fil...

— Oui, répondit Eogan, en serrant et desserrant rageusement les poings. Je sais tout cela, je ne le sais que trop.

Sa voix tremblait d'une colère soudaine. Il se leva, quittant la clarté du feu, allant et venant à grands pas dans le fond de la grotte.

Fergus détourna son regard de la mince et longue silhouette, observant ce paysage dont chaque pierre et chaque arbre étaient familiers à son ami. Il fronça les sourcils. À travers le fracas de l'orage, il percevait une rumeur lointaine, une sorte de grondement qui n'était pas du tout celui du tonnerre.

Dehors, il faisait nuit et jour à la fois, tant les éclairs illuminaient les parages de leur éclat dur. Le sol de la grotte se mit à vibrer sous leurs pieds.

Les hongres s'agitaient malgré les liens qui les entravaient. Le roulement se rapprochait rapidement et la vibration du sol s'amplifia.

— La terre tremble ! s'écria-t-il en bondissant sur ses pieds.

— Non, ne t'inquiète pas, ce sont des chevaux ! s'exclama Eogan sans se retourner. Des chevaux blancs. Dis-moi si ce sont bien des chevaux blancs qui viennent vers nous ?

Il avait à peine prononcé ces mots que les bêtes surgirent, crevant le rideau de pluie. Un troupeau d'une quarantaine de juments sauvages fonçait droit vers la caverne. D'un blanc immaculé, crinières et panaches au vent, yeux révulsés par la peur, sabots heurtant le sol, elles fuyaient la tempête.

D'un coup, aussi vite qu'elles étaient venues, elles passèrent de part et d'autre de leur abri et disparurent. Le bruit s'éloigna, puis s'éteignit tout à fait.

Eogan s'était rassis près du feu. Jamais il n'avait autant mérité son surnom de Sombre qu'en cet instant-là. Troublé, Fergus se laissa tomber en face de lui, plongeant son regard dans ses yeux gris, guettant quelque signe sur le front haut et pâle couronné de boucles noires.

— Tiens, mangeons ! Prends, fit son ami en lui tendant un morceau de galette.

Étrangement, peut-être à cause de la vision des juments blanches, il semblait plus calme, presque résigné.

— Les chevaux aussi étaient dans mon rêve, remarqua-t-il simplement, plantant les dents dans une lanière de viande séchée.

— Continue, l'encouragea Fergus.

— Ensuite, je vois un marécage aux arbres pourrissants. Un lieu abandonné des hommes. Il y a un druide et des soldats, et une femme aussi, très belle, presque une enfant, mais druidesse, elle aussi. Une longue chevelure blonde. Elle porte autour du cou un torque d'or avec des chevaux ailés. Sa tunique est mouchetée. Elle appartient déjà à l'Autre Monde, au Sid. Elle est condamnée à mort et je ne peux rien pour elle. Elle mange son dernier repas fait de noisettes broyées.

— Que Dagda l'accueille.

— Mais je ne sais pas pourquoi tout cela, et je ne sais qui sont ceux qui vivent dans mon rêve, ni qui je suis par rapport à eux.

— Elle a été noyée, n'est-ce pas ? demanda Fergus en revoyant le beau visage s'enfoncer dans la fange.

Le jeune homme s'étonna :

— Comment peux-tu savoir ça ?

— Je l'ai vue. Enfin, je crois l'avoir vue, alors que j'étais dans la caverne de Gwydion. Des cheveux blonds, des yeux noirs pailletés d'or, des lèvres rouges comme le corail de ta fibule. Elle m'est apparue dans l'eau claire d'une vasque, une eau qui n'a pas tardé à se changer en une boue épaisse et noire.

— Dans mon rêve, les soldats l'ont enfermée dans une cage de branches et recouverte de pierres et de troncs, jusqu'à ce qu'elle... Qu'as-tu vu d'autre ?

Fergus hésita :

— Ta sœur. Elle voulait que je la suive. Mais je t'avais entendu hurler de rage et j'avais cru... Le fracas des épées. Je n'ai pas voulu, et elle a disparu. Il n'est plus resté que l'hermine sur le rebord de la vasque de pierre, et je n'étais plus au même endroit dans la grotte, j'étais dans une petite salle...

— Deirdre, pourquoi Deirdre ? Tu es toujours en amour pour elle, n'est-ce pas ?

— Oui.

— Alors il est bien qu'elle soit venue à toi. Mais tu avais raison, il y avait bien un combat dans les profondeurs de la caverne. Un guerrier m'a barré le chemin. Il était grand et large et lourd comme une statue de pierre. Son casque était surmonté d'un corbeau doré aux ailes articulées. Quand je l'ai blessé de ma lame, son sang a coulé plus noir que la nuit. Noir comme celui d'une bête en rut. Puis, il s'est métamorphosé. Il enflait et se tordait en nid de vipères...

Le jeune homme s'était tu, tout à la vision terrible du géant. Enfin, il reprit :

— Il a disparu, et je suis revenu à moi en train de répéter nos chants de route. Tu paraissais endormi et pourtant, tu avais les mêmes paroles que moi dans la bouche.

— Es-tu sûr de n'avoir pas affronté Cuchulainn lui-même ?

— Je ne sais rien. Je ne sais plus rien.

C'était la première fois qu'Eogan faisait un tel aveu d'impuissance. La première fois que sa voix perdait sa fermeté, et cela, plus que tout, perturba profondément Fergus.

— Sais-tu pourquoi nous allons à Corlea ? ajouta-t-il quand même.

— Je crois que chaque pas nous rapproche de mon rêve.

— Comment finit-il ce rêve ? Tu ne me l'as pas dit.

— Il ne finit pas, mais *« je suis corbeau au-dessus des marais... »*

— Le corbeau... observa pensivement le Rouge. Ton ennemi et toi-même êtes sous le signe de Bran. Puisse Lug te protéger. Bénédiction, paix et force. De la nuit, naîtra le jour. Laisse-moi t'enchanter un peu et, pour ce soir, oublions, et retrouvons-nous.

Eogan se contenta de hocher la tête. Le jeune géant roux se leva, allant chercher sa harpe, caressant la peau de loutre qui la préservait du froid et des pluies.

Il s'assit sur le rebord d'une pierre, ses doigts écartant avec douceur le tissu de lin blanc protégeant les longues cordes brunes. Sur le bois sculpté du coffre ondoyaient des saumons. Il cala l'instrument sous son bras et, oublieux de tout, laissa ses mains courir, légères. Elle était sa joie. L'harmonie du monde.

Une mélopée lente, puis de plus en plus vive, emplit la grotte, la voix de Fergus s'éleva.

Il chantait l'enseignement des bois sacrés, Deirdre et l'hermine, le géant au sang noir, la course des juments blanches devant l'orage. Eogan écoutait. Le calme descendit sur eux.

Enfin, Fergus rangea sa harpe avec précaution, la posant à côté de lui avant de s'enrouler dans sa cape pour dormir.

Assis à l'entrée de la caverne, son épée sur les genoux, Eogan veillait.

39

Le jeune druide ne troubla pas le sommeil de son ami. Il se répéta toute la nuit le chant du voyage qui les mènerait au site sacré d'Emain Macha. Il n'avait pas encore parlé de tout cela à Fergus, et se demandait si, malgré les liens qui les unissaient et les conseils de Gwydion, ils ne se sépareraient pas après les tourbières.

Alors que l'aube pointait dans un ciel délavé par l'orage, il se leva, les membres rompus, allant chercher les chevaux pour les mener paître dans l'herbe gorgée de pluie.

L'hermine, qui avait passé son temps à aller et venir, s'était assoupie près de Fergus que le pas lourd des destriers réveilla. Il se redressa, chassant sans le vouloir, des plis de sa cape, l'animal et un objet qu'elle avait gardé entre ses pattes.

— C'est toi qui as trouvé ça, petite magicienne ? fit-il en ramassant le mince anneau de bronze qui avait ricoché à ses pieds.

L'animal se faufila dehors. Les pierres du foyer étaient encore chaudes, Eogan revenait. Fergus s'apprêtait à le saluer, quand il remarqua sa lividité et les grands cernes noirs sous ses yeux.

— D'où vient cet anneau ? demanda-t-il avec brusquerie.

— C'est l'hermine qui l'a déniché.

Un couinement attira leur attention, l'animal tirait derrière lui un pan de tissu souillé de terre qu'elle déposa à leurs pieds. Eogan fit mine de chasser l'animal, puis se ravisa, secouant la tête et faisant signe à son ami de le suivre.

— Avant que nous partions, tu dois voir ce qu'il y a derrière cette grotte. Tu dois me dire...

Le jeune homme s'interrompit. Ses yeux tourmentés fixaient quelque chose que Fergus ne pouvait voir.

— Ce chemin est semé de morts, reprit-il, nous étions si protégés et insouciants de tout à Tara. Ces années passées auprès de Gwydion à étudier... Tout cela semble si lointain. Et chaque pas, nous en éloigne davantage.

Fergus le suivit, sans mot dire, se demandant quel lien il pouvait y avoir entre cet anneau, le tissu souillé que déchiquetait la petite hermine, et ce qui rendait l'humeur de son compagnon plus sombre encore que la veille.

40

Derrière le tumulus, seul arbre au milieu de la lande, se dressait un gigantesque chêne mort.

Mais ce n'était ni son tronc fendu et blême, ni ses branches torturées, ni même les centaines de bandelettes de tissus nouées à ses rameaux qui retenaient l'attention.

Au pied de l'arbre, entre les méandres de ses racines, silencieuse et immobile, dormait une armée de guerriers.

Une quarantaine d'hommes casqués, des chevaux rangés comme à la parade... La couleur jaune rayée de noir, d'un clan Fianna. Des épées, des javelots, des boucliers, des haches formant un vaste cercle.

Un cercle de fer rouillé, souillé par la boue, rongé par l'humidité. Des squelettes d'hommes et de bêtes, couchés côte à côte sur la terre noire, les pattes des chevaux reposant sur les épaules de leurs cavaliers. Des armes soigneusement alignées sur le sol, à leurs pieds.

Une silhouette dominait toutes les autres, un squelette ligoté au tronc par le cou et la taille. Un guerrier, un chef plutôt, qu'on avait enveloppé de son étendard.

Le temps passant, les cordes s'étaient accrochées à l'épaisse tunique de cuir et aux parures de métal, retenant le squelette, mais le crâne, surmonté d'un casque conique, avait roulé à terre.

Eogan ne disait mot. Quant à Fergus, son visage avait viré au gris, il ne pouvait détacher ses yeux du tissu jaune rayé de noir entourant les épaules du cadavre lié au tronc.

— Ces couleurs... gronda-t-il soudain avec rage. Il a été massacré avec les siens, et personne n'en a rien su ! Car personne ne vient jamais dans cette lande maudite. Et moi, qui n'ai rien deviné, moi qui n'ai rien vu !

Le Rouge avança lentement au milieu du cercle des corps, allant ramasser le casque du chef des Fianna, avant de s'asseoir à l'écart sur une roche grise.

Ses mains tremblaient et la colère durcissait les traits de son visage au point d'en faire un homme différent. Il gardait les yeux fixés sur le fronton de fer où étaient gravés deux cygnes aux ailes entrelacées.

Des bourrasques s'étaient levées, animant d'une vie indépendante les morceaux de tissus, les faisant claquer au vent et faisant grincer les branches du chêne centenaire.

Respectant le silence de son ami, Eogan s'était éloigné de quelques pas, songeant à part lui, que tout ceci était un signe de plus. Un signe que Fergus, non plus, ne sortirait pas indemne de ce voyage. Il se surprit à penser avec inquiétude à son sort et pour la première fois peut-être depuis qu'ils se connaissaient, il prit conscience de la force de son attachement pour lui.

Il réalisa que la confiance que Fergus lui témoignait depuis toujours, que sa sincérité, sa vie même avec toutes ses faiblesses et ses forces, faisaient partie de son équilibre à lui, et de sa propre puissance.

Pour la première fois sans doute, il comprit presque douloureusement qu'ils étaient les doigts d'une seule main.

41

— C'est son casque, il ne s'en séparait jamais, remarqua Fergus en effleurant lentement du bout de ses doigts, les cygnes gravés. Il disait qu'il était sa sauvegarde, que même un magicien d'Alba avec toutes ses incantations ne le lui pourrait ôter. Et c'était vrai, son crâne a roulé à terre avec lui.

Le jeune homme leva les yeux vers son ami.

— Tu comprends, celui qu'on a lié à ce chêne était Slanga ! Et là, à ses pieds, ce sont ses Fianna et leurs chevaux.

— Un bien singulier et tardif hommage que ce cercle de mort. Il n'est donc jamais parti pour l'Écosse, ni pour ailleurs...

— Non, c'est le Balafré qui a répandu cette rumeur. Une rumeur qui l'arrangeait bien, puisqu'il a pris sa place à la cour du Haut Roi Loegaire, à Tara.

Eogan fronça les sourcils.

— Tu veux dire... Tu ne crois tout de même pas que le Balafré a tué Slanga et ses hommes pour le remplacer ?

— Je ne dis rien.

La mâchoire de Fergus s'était crispée, mais Eogan insista :

— L'an dernier déjà, tu me l'as dit, le Balafré avait pris sa place.

— Oui.

— Il a rempli son rôle à Belteine, et il est reparti. Rien de plus, rien de moins.

— Non.

— Comme les Fianna n'ont droit à aucune autre solde que leur nourriture, quelques armes et parfois des chevaux, je ne vois pas où était son intérêt de tuer Slanga, sauf s'ils avaient quelque querelle. Il y a toujours eu du travail pour les mercenaires dans les cinq royaumes. Point besoin pour cela de tuer des hommes qui sont vos frères, si tant est que ceux-là aient des frères.

— Je ne te dis pas que je comprends le pourquoi, protesta Fergus avec véhémence. Mais tu parles de querelle... Viens, je veux ton avis, fit-il en entraînant Eogan vers le cercle des morts.

Le jeune druide contempla à nouveau les squelettes des hommes et des chevaux. Ces corps en armes, ces bêtes sellées, ces crânes et ces os que tant de pluies déjà avaient lavés.

— Que veux-tu me montrer ?

— Regarde les épées et les coutelas dans les fourreaux, les boucliers, les tuniques de cuir, regarde autour de toi. La seule chose disparue, ce sont les toiles de tente, sinon tout est là, il ne manque pas même un cheval. Chaque homme a été couché devant le sien. Mais je ne vois ici nulle trace de bataille. Simplement, des hommes... endormis. C'était ma première impression quand tu m'as mené ici, ils dormaient tous. Et je crois bien que c'était le cas, quand on les a tués. Sauf pour Slanga, qu'on a attaché vivant à ce chêne, j'en suis sûr.

— Mais c'était un homme de guerre, Fergus. Jamais il ne se serait laissé surprendre ainsi par des ennemis. D'autant que Slanga était le plus renommé des Fianna. Il devait avoir disposé des guetteurs autour du camp.

— Tu as raison. En revanche, que penses-tu qu'un homme comme lui fasse avec des amis, des frères partageant son vin et son campement ? Imagine que les guetteurs n'étaient pas les siens. Imagine des assassins qui attendent ton sommeil pour te lier et ouvrir la gorge ou poignarder les tiens...

— Mais pourquoi le Balafré aurait-il fait cela ? S'il y avait querelle entre eux, Slanga ne l'aurait pas accueilli et sinon...

Fergus secoua la tête, son visage s'était empourpré. Il serrait et desserrait nerveusement les poings.

— Je ne sais pas, pas encore. Mais il y aura vengeance.

— Slanga, comme les autres mercenaires, n'avait plus de clan. Qui pourrait venger un Fianna ?

— Moi, je le vengerai !

— Toi qui n'aimes que la musique et la poésie ! s'exclama Eogan en posant la main sur son épaule.

— Oui, moi ! Même si pour cela, je dois prendre l'épée.

— Qui était-il, cet homme dont la mort te ferait

prendre le fer au lieu de la harpe ? Tu ne m'as jamais dit être lié à ce point avec lui. Bien sûr tu le connaissais et il connaissait les tiens, et j'avoue que moi aussi, je l'appréciais, car c'était un homme au parler droit, mais de là à...

Une grimace douloureuse tordit la bouche de Fergus alors qu'il interrompait son ami :

— Il était plus que cela, Eogan. J'ai fait promesse, voici bien longtemps, de payer ma dette envers lui. J'étais encore enfant, dans la maison de mon clan quand il a sauvé la vie de ma mère Brigit. Aujourd'hui, il est mort, la dette est toujours là, et je tuerai celui qui m'a rendu parjure.

42

Ils étaient repartis au galop vers le soleil couchant. Enfin, à l'approche d'un cours d'eau, ils s'arrêtèrent pour faire boire les montures. Les deux amis s'étaient agenouillés sur la berge, remplissant leurs outres de peau d'une eau verte où flottaient des lentilles d'eau.

L'hermine, restée sur la croupe du Gris, poussa un cri d'alarme avant de disparaître dans l'une des sacoches. Fergus lâcha l'outre, et posa aussitôt son oreille contre le sol.

— Une troupe à cheval, s'écria-t-il en se levant d'un bond. Par Cuchulain, ils sont nombreux et tout proches ! Comment... C'est ce vent qui souffle du mauvais côté !

Ils allaient sauter en selle, quand, de derrière le remblai de terre, surgirent les Fianna.

En tête, se tenait Oengus avec l'étendard écarlate rayé de noir, et derrière lui, massif et lourd, un javelot dans son poing libre, venait le Balafré, son sourire de mort plaqué sur sa face tailladée.

Fergus porta la main à son coutelas.

— Laisse-moi faire ! murmura Eogan en s'avançant à la rencontre d'Oengus et en le saluant avec courtoisie.

Le destrier d'Oengus s'était arrêté, et le lieutenant du Balafré les dévisageait avec attention.

— Eh bien, mes jeunes amis, que faites-vous donc ici ? demanda-t-il séchement.

— Salut à vous, seigneur Fianna à la Lame d'Argent.

Oengus scruta plus attentivement le visage de son jeune vis-à-vis, son air décidé. Il lui semblait l'avoir déjà vu, connaître ces traits fermes, la forme et la couleur gris bleuté de ses yeux.

— Nous nous connaissons ? fit-il en fronçant les sourcils.

— Sans doute, seigneur. Nous nous sommes croisés à Tara, répondit Eogan, où, tout comme vous, nous avons fêté Belteine.

— Vous êtes des marchands ?

Mais en prononçant ces mots, Oengus savait déjà la réponse qu'allait lui faire le jeune homme.

— Non pas, seigneur, nous sommes fils d'apprentissage.

À cette réponse, les sourcils d'Oengus se haussèrent, il savait ce que recouvraient ces simples mots. Il aurait préféré que ceux-là ne croisent pas le chemin du Balafré.

— Et où allez-vous ?

Il n'entendit pas la réponse que lui fit le jeune homme, car le Balafré l'interpella avec rudesse :

— Ils disent venir de Tara ?

— Oui, seigneur Fianna, fit Eogan. D'ailleurs, vous nous avez dépassés non loin de la porte de l'Ouest, avant-hier au matin.

— Vous mentez ! s'écria Brion, nous n'avons rencontré nul cavalier.

Le jeune druide se força à repartir calmement :

— À ce moment, seigneur Fianna, nous étions encore à pied.

— Vous avez volé ces bêtes, la voilà la vérité ! Et, par Lug, elles ne vont guère avec les gueux que vous semblez être ! Saisissez-les, ordonna-t-il à deux de ses hommes.

Alors qu'Eogan s'apprêtait à protester, Fergus sortit son coutelas, se plaçant devant les montures.

— Ces destriers sont à nous, s'écria-t-il, et vous ne les aurez pas !

Oengus s'interposa, plaçant son destrier entre celui du chef des Fianna et les deux jeunes gens.

— Je crois que nous faisons fausse route, dit-il avec fermeté. Ces deux-là ne mentent pas. Ils sont d'un bois qui toujours parle vrai.

— Que veux-tu dire par là ? s'impatienta le Balafré.

— Ce sont des apprentis druides. Ils portent la roue sacrée à leur col. Regarde, Brion !

Et l'homme à la Lame d'Argent désigna au Balafré la petite roue de bois d'if que portait le rouquin à son col.

— Des amis à toi donc ! s'exclama le chef des Fianna avec un rire aigre. Mais ce n'est pas pour autant que les chevaux sont à eux.

— Il est vrai qu'ils ne sont pas à nous, seigneur. C'est le Haut Druide Gwydion qui nous les a confiés.

À l'énoncé de ce nom que tous respectaient, Brion se troubla et marmonna avec mauvaise humeur :

— Eh bien soit, qu'ils s'en aillent ! Mais qu'ils ne croisent plus notre route, ou je ne t'écouterai plus, et druide ou non, ceux-là finiront dans le sang.

— Tu tuerais un druide ! s'exclama Fergus.

— Je tuerai qui me gêne ! Mais quel est ton nom à toi qui as la lame et la langue si promptes ?

— Fergus, fils de Brigit, petit-fils de Muirna.

— Eh bien, il est heureux pour toi que je ne sois plus seigneur Dal Riata ! fit le Balafré en poussant brusquement son cheval, qui heurta le jeune homme de son large poitrail. Souviens-toi, si je te retrouve sur mon chemin, tout fils de Brigit que tu es, ton sang coulera aussi bien que celui d'un lièvre.

Fergus avait rougi sous l'insulte. Toute la haine qu'il avait réussi à contenir jusque-là jaillit d'un coup. Tout se brouillait. Il revoyait pêle-mêle, le corps de

Slanga attaché à l'arbre, celui de sa mère sur son bûcher, le sourire sinistre de celui qui l'offensait.

Il se précipita le couteau levé vers le Balafré, mais celui-ci, partant d'un éclat de rire sonore, fit demi-tour, se lançant au galop vers le gué, suivi par ses hommes.

Oengus s'était avancé pour barrer la route au jeune homme, mais déjà, Eogan, plus rapide, s'était jeté sur lui.

— Laisse-moi passer ! hurla le Rouge, en essayant de se dégager de l'étreinte du Sombre. Et donne-moi ton épée, que je lui montre que le sang d'un fils de Brigit vaut mieux que celui d'un traître et d'un assassin.

Malgré la force brutale de l'autre, Eogan ne bougeait pas d'un pouce, le torse arqué, les doigts enfoncés dans la chair des épaules de son ami, leurs souffles mêlés.

Oengus les observait, immobile et silencieux, gravant les traits de ces deux-là dans son esprit.

— Pas maintenant, Fergus ! gronda Eogan. Pas maintenant ! Plus tard, je te le jure, il paiera pour tout.

À ces mots, Oengus se détourna enfin, et talonnant sa bête, rattrapa les Fianna, dont la troupe disparaissait déjà derrière dans la pénombre des bois.

La détermination d'Eogan eut raison de Fergus, dont les muscles se relâchèrent, sa respiration reprenant son rythme normal. Une fois libre, il glissa sans mot dire son coutelas à sa ceinture et s'en retourna à pas lents vers son destrier.

43

Ils avaient galopé sans se retourner jusqu'à ce qu'enfin, la colère s'apaise et que, ralentissant son allure, Fergus laisse son ami se placer à son côté, le trot du Noir s'accordant à celui du Gris de Tara.

Ils chevauchaient dans une sente au milieu de la forêt, un passage de chariot suffisamment large pour se tenir ainsi côte à côte dans le murmure du vent et le froissement des fougères.

— C'est un singulier pouvoir que de connaître le nom de son ennemi, remarqua Eogan. Tu as vu le corbeau sur son casque ? Le même que dans la caverne. Je l'avais remarqué à Tara, et puis je l'avais oublié. Celui-là est l'homme de la caverne.

— Tu aurais dû me laisser le combattre, gronda brusquement le Rouge dont la rage faisait, par instants encore, trembler les mains.

— Notre rôle n'est pas de batailler quand nous pouvons l'éviter. Gagner Corlea est plus important et tu le sais. Le soleil s'est couché trois fois, nous devrions toucher au but.

Perdus dans leurs pensées, ils se turent, puis Fergus reprit brusquement :

— Je n'arrive pas à comprendre pourquoi Oengus chemine avec cet homme de sang. Jamais je ne l'avais approché. Je n'avais entendu parler que de sa réputation de magicien et de combattant, mais en le voyant, il m'est apparu qu'il n'avait rien à faire aux côtés d'un homme tel que le Balafré.

— Il nous a regardés d'un air étrange, comme s'il nous connaissait et puis, il voulait t'empêcher de t'attaquer au Balafré, non pour le défendre lui, mais pour te protéger... Tu penses qu'il aurait pu tuer Slanga ?

— Je n'en sais rien. La disparition de Slanga remonte à deux ans et je n'arrive pas à me souvenir si Oengus était déjà avec Brion, l'année où tu es allé à Uisnech. D'aucuns disent au contraire, qu'il a donné un peu de sagesse au Balafré.

— Sagesse ! Je ne crois pas Brion capable de sagesse, même entouré de hauts druides.

— Pourtant, depuis qu'ils sont ensemble, on dit qu'il a fait taire son sang.

— Mais...

Eogan s'interrompit, se contentant de désigner du geste l'immense masse brumeuse qui apparaissait maintenant derrière les arbres.

Les destriers eux-mêmes avaient pris le pas, sentant leur incertitude. Ils sortirent lentement du couvert de la Profonde et s'arrêtèrent.

Le vent qui les avait accompagnés jusque-là était tombé. Les oiseaux s'étaient tus. Devant eux, flottait un brouillard si épais que toute couleur semblait avoir quitté le monde. Tout était d'un gris opaque et luisant d'humidité.

— Nous ne voyons même pas le marais, murmura Fergus.

— Il est là... et elle est là, regarde ! rétorqua Eogan en désignant une chaussée de bois qui s'enfonçait dans la brume.

Çà et là quelques arbres isolés couverts de mousse, et une eau aux reflets noirs.

— *« De longues écharpes de lichens pendent de troncs blêmes et pourrissants*, déclara le jeune druide d'un ton lugubre. *Sur l'étendue noirâtre flottent des lambeaux de brume et, par endroits, des bulles montent des profondeurs, témoignant d'une présence maléfique tapie sous la fange. »*

La brume s'entrouvrit à leur approche, dévoilant des statues grossièrement taillées, plantées de part et d'autre de la chaussée de Corlea. Silhouettes vaguement humaines, bouches closes, visages aux yeux béants, mains croisées, gardiens immobiles du lieu sacré.

— La voie que nul n'emprunte, murmura Eogan.

44

Ils s'étaient engagés lentement, prudemment, l'un derrière l'autre, Eogan en tête, tenant les chevaux par la bride.

Muets, enveloppés par l'épaisse nappe de brouillard, voyant à peine leurs pieds, n'entendant pas le bruit de leurs pas, ni celui des sabots des destriers sur les planches rongées par les pluies.

Suffisamment large pour laisser passer un char, la chaussée contournait des îlots de terre, des arbres morts, des étendues recouvertes de lentilles d'eau, plantées de joncs grêles.

Ici et là apparaissait la forme d'un rocher ou d'une statue de bois. Les chevaux, eux-mêmes, posaient précautionneusement leurs fers sur le plancher gras.

Fergus scrutait la brume autour de lui, s'attendant à en voir jaillir le Balafré. Il ne cessait de penser aux squelettes des Fianna, à Slanga et crut même reconnaître sa silhouette lugubre dans celle d'un if tordu par une lèpre grise.

Au bout d'un moment, Eogan s'arrêta, levant la main.

Une langue de terre émergeait du marécage. Des arbres s'y étaient laissé mourir. Des écharpes de lichens vert-de-gris pendaient de leurs griffes tordues. À l'horizon, la lumière baissait, le soir venait.

— Arrêtons-nous ici. Il y a de quoi attacher les chevaux et suffisamment d'herbe pour qu'ils pâturent.

— L'endroit ne me plaît guère.

— À moi non plus, mais c'est là que commence le rêve.

45

Après avoir mangé, Fergus prit son tour de garde. L'hermine inquiète s'était glissée contre lui, dans les plis de sa cape.

Le jeune homme caressa à regret l'étui de sa harpe, mais le temps n'était pas à la musique. Il la reposa sur ses sacoches et regarda autour de lui.

Les chevaux rêvaient, remuant des fers, mâchonnant

un foin imaginaire. Eogan s'était installé contre une souche, les bras croisés sur sa poitrine, les yeux clos.

Autour d'eux, s'allongeaient les ombres. Des coassements de crapauds montaient des profondeurs du marécage. Quelque part, solitaire, un loup hurla. Les derniers rayons du soleil allumaient des reflets irisés dans la fange. Bientôt, il ferait nuit noire.

Fergus soupira. Il n'aimait pas l'endroit, et même le feu avait du mal à prendre, tant le bois et la mousse étaient gorgés d'humidité. Seules quelques branchettes avaient daigné s'embraser, mais les plus gros morceaux noircissaient en dégageant une épaisse fumée.

Il haussa les épaules et abandonna. De toute façon, ici tout était mort ou pourrissant. Son regard se reporta vers Eogan, déjà cerné par les ténèbres. Son compagnon n'avait pas bougé, il semblait dormir et pourtant, ses doigts bougeaient, ses paupières closes frémissaient.

46

« Je suis corbeau au-dessus des marais... »

Le vent sifflait. Il planait sans effort, frôlant la cime des arbres de ses ailes étendues. Inclinant sa tête d'oiseau vers la terre.

Et puis soudain, il les vit. Des silhouettes humaines... Des soldats marchant sur la chaussée de bois, encadrant la jeune femme.

Il était dans son rêve et, en même temps, son rêve n'était plus le même.

Il se posa sur une branche, ébouriffant ses plumes noires, tant l'air était glacé et humide.

Un bruit d'herbes froissées, de branches brisées. En dessous de lui, se glissait un enfant, la tunique et les jambes souillées de boue, égratignées. Profitant de la haie formée par un roncier, il se dissimulait non loin des soldats.

Le corbeau se laissa tomber sur une branche basse.

Enveloppé de son manteau blanc brillant à bordures d'argent, le druide était apparu, immobile et droit. Pour la première fois, Eogan prit conscience de sa jeunesse et de la désespérance qui brillait dans ses yeux alors qu'il fixait la boue noirâtre. Et pourtant, il voyait cet homme sans le voir. Les rêves ne sont que les rêves. Imprécis et fidèles à la fois.

Il entendait les battements de cœur du druide, alors qu'il regardait la femme se déshabiller.

Nudité, blancheur, hanches menues, seins lourds. Yeux noirs pailletés d'or.

La femme regardait maintenant dans la direction de l'enfant qui étouffa le cri lui montant aux lèvres en fourrant son poing dans sa bouche et en se mordant jusqu'au sang.

La parole de condamnation avait retenti, reprise par l'écho.

Le corbeau vola jusqu'à la berge où les guerriers entraînaient la captive en la tirant par les cheveux. Elle se débattait en hurlant.

Les yeux clos, le druide au long manteau bordé d'argent s'était adossé au tronc d'un noisetier mort.

Eogan était dans son rêve et, en même temps, son rêve n'était plus le même. La femme criait grâce, implorait le druide qui s'était approché d'elle, qui parlait :

« *Je suis vent sur la mer, vague de l'océan, vautour sur le rocher, goutte de rosée... Je suis la pointe d'une arme.* »

Les guerriers firent glisser la cage sur la boue où elle flotta, jusqu'à ce que l'un d'eux pose un tronc, puis une à une, de lourdes pierres.

Les cris résonnaient sous son crâne.

Le corbeau s'envola à nouveau.

En dessous de lui, l'enfant exhalait une plainte inarticulée, le visage tourné vers le ciel.

Enfant aux longs cheveux noirs, aux yeux gris.

Eogan hurla.

La cage s'enfonçait, la fange étouffant les cris de terreur absolue. L'enfant tournoya sur lui-même et s'effondra face contre terre, évanoui.

Des bulles montaient des profondeurs, témoignant d'une présence maléfique...

Le monde bascula. Il tombait, tombait...

47

Le corps trempé de sueur, Eogan se réveilla, allongé de tout son long sur la chaussée de bois. À quelques pas de lui, un corbeau le fixait de son œil rond.

Chapitre 6

« Et toi, ô mon aîné, quel est ton nom ?

Ce n'est pas difficile :
Le plus proche des présages.
Le héros qui explique.
Qui dit.
Qui interroge.
Recherche de science.
Trame d'art.
Panier de poésie.
Abondance venant de la mer.

Imacallam in da Thuaraid
Le dialogue des deux sages.
Traduction Christian-J. Guyonvarc'h

48

Ses cheveux nattés et relevés sur sa tête, vêtue d'une épaisse tunique et de pantalons de cuir, armée d'une épée, une lourde cape sur les épaules, Deirdre avait quitté Tara à la tête d'une petite troupe de soldats.

Que s'était-il passé pour que Gwydion décide de l'envoyer à la recherche d'Eogan et de Fergus ? Nul ne le savait, pas même la jeune druidesse. Sans doute quelque sinistre présage, quelque chose qui l'avait profondément atteint, et le rongeait. La jeune femme se souvenait de leur dernier entretien, de la façon dont l'Ancien s'était appuyé sur son bâton, le souffle court, le regard empli d'une insondable tristesse.

— Il te faut partir, Deirdre, retrouver ton frère et son ami Fergus.

Elle s'était inclinée, masquant son inquiétude derrière un visage impassible, enfonçant malgré elle ses ongles dans la chair de ses paumes.

— Où devrais-je aller, ô mon aîné ? demanda-t-elle simplement.

— À Emain Macha. Ma garde personnelle t'y conduira.

Il n'avait rien ajouté, ne lui disant pas même si elle

devait revenir à Tara. Il s'était contenté de la regarder avec gravité, avant de se détourner et de sortir de la maison du Milieu encadré par la longue file de ses serviteurs.

Deirdre était restée un moment dans la salle vide. La flamme des flambeaux léchant les murs où couraient les ombres mêlées de son frère et du Rouge.

Mécontente du tumulte de ses pensées et d'une appréhension qu'elle maîtrisait mal, la jeune femme secoua la tête et talonna son cheval, rattrapant le capitaine de la garde. Dans trois jours, si tout se passait bien, ils seraient rendus à Emain Macha, le sanctuaire du royaume d'Ulster. Dans trois jours, elle ramènerait les deux hommes à Tara.

49

Debout sur le seuil de sa maison, le druide Cetal contemplait Emain Macha et le tertre qu'il avait fait édifier en quelques mois.

Tout cela avait commencé voici bien des nuits. Avant même que l'hiver ne gèle les lacs et que la neige ne brûle l'herbe des collines, avant que ne reviennent le printemps et Belteine, la fête du feu.

Des messagers du royaume de Leinster, d'Écosse, du Pays de Galles et même de la lointaine Armorique s'étaient réunis à Emain Macha.

Tous parlaient la langue sacrée. Tous avaient prononcé les mêmes terribles paroles.

Des paroles qui résonnaient encore aux oreilles de Cetal, le grand druide, celui dont le nom signifiait « *incantation* ».

Le monde allait changer. Le monde était spirale. Et eux, les druides, les sacrés, n'échapperaient pas à ce qui devait être.

Une nouvelle colline s'était ajoutée aux autres et il faudrait bien des siècles, même de cent ans, pour en découvrir la nature. Et pourtant d'autres viendraient ici, essayant d'effacer ce qui avait été. Changeant les noms. Construisant des temples sur les lieux sacrés d'Irlande, et faisant oublier aux hommes cette part d'éternité.

L'aube était proche, et Cetal avança de quelques pas pour mieux voir les rayons du soleil illuminer le site sacré, créant mille reflets dans les morceaux de cristal de roche et de quartz blanc posés sur le sommet du tertre, y inventant un miroir plus incandescent que celui tout proche des eaux du Loughnashade, le lac sacré.

Il était peu de sanctuaires comme celui du royaume d'Ulster, révéré dans toute l'Irlande et même au-delà des mers, et pourtant, lui, Cetal, son serviteur et son gardien, en avait ordonné l'ensevelissement.

Tous les hommes d'Emain Macha, *aes dana*, soldats, serviteurs avaient obéi, faisant disparaître le temple de Roth Ramhach, le temple de la Roue Ramante. Ce temple que tous révéraient.

Un temple sans autre voûte que le ciel et ses étoiles,

un édifice de plus de quarante mètres de diamètre dont les murs de pierre étaient cernés par de hauts remblais de terre. Une salle où se dressaient deux cent soixante-quinze poteaux disposés en rayons autour d'un énorme tronc de chêne.

Un temple dans lequel des fils d'or et d'argent tressés, reliant chacun des piliers au centre, formaient au-dessus de leurs têtes une tapisserie scintillante que nul humain n'avait jamais vue telle qu'elle devait être vue, mais que les oiseaux du ciel pouvaient contempler. Un temple dont la roue posée au pied du chêne central tournait sans fin entre le feu, l'eau et l'air, pour que lui Cetal, son serviteur, descendant du grand Mog Ruith, puisse y lire les augures.

Et maintenant tout cela était fini.

Une nuit, Cetal avait fait enlever la Roue Ramante par les druides, qui l'avaient conduite dans le plus grand silence au lac sacré. Lestée par des blocs de quartz, elle s'était enfoncée dans les eaux vertes. Puis, il avait fait ôter les fils d'or et d'argent et nettoyer le temple si soigneusement que nul ne pourrait penser qu'il ait jamais servi. Ensuite seulement, l'ensevelissement avait commencé.

Ils avaient mené là, des mois durant, des brouettées entières de pierres, jusqu'à ce que les piliers disparaissent de moitié. Ils avaient disposé des bottes de foin et les avaient incendiées, aidant le feu à détruire ce qui dépassait encore des poteaux de bois et de l'axe central.

Cela avait pris des jours et des nuits pendant lesquels, du seuil de sa maison, il avait vu monter les flammes et la fumée. Des jours et des nuits qu'il avait passés sans plus dormir ni manger qu'un roitelet.

Une fois le feu éteint, les pierres refroidies, les murs nettoyés de la suie, l'enfouissement avait continué, ils avaient charrié de la terre, et encore de la terre, puis semé de l'herbe.

Enfin, avec le printemps, l'herbe nouvelle était venue. Le tumulus achevé, il ne restait plus qu'à le couvrir de ces morceaux de quartz blanc et de cristal de roche qui, ce matin-là, accrochaient les rayons du soleil.

50

— Grand ancien, fit le capitaine des gardes d'Emain Macha en s'approchant respectueusement du druide et en le saluant. Vous m'avez fait mander ?

— Oui, répondit le druide sans détourner son regard du tertre que la lumière du soleil délaissait déjà. Nous attendons un jeune homme venu de Tara. Un envoyé de Gwydion lui-même. Vous le mènerez près de moi dès qu'il arrive.

— Bien.

Comme le capitaine ne faisait pas mine de s'en aller, le druide lui fit signe de parler.

— Je venais aussi vous prévenir que nos guetteurs ont repéré des cavaliers en approche, une quarantaine d'hommes en armes. Des Fianna.

— Des couleurs que nous connaissons ?

— Non, grand Ancien. Écarlate rayée de noir.

Le druide abandonna la contemplation du tertre, se tournant vers le capitaine.

— Déjà... murmura-t-il pour lui-même, avant d'ordonner : Laissez-les entrer et conduisez leur chef jusqu'à moi. Cela sera tout.

Le capitaine s'inclina très bas avant de tourner les talons.

51

Les cavaliers Fianna arrivaient en vue de la colline, couronnée d'une enceinte circulaire, où se dressait Emain Macha.

Le Balafré leva la main, ordonnant à ses hommes de s'arrêter. Talonnant sa monture, Oengus, qui fermait la marche, se porta à sa hauteur, la mine soucieuse. Il avait reconnu le sanctuaire d'Ulster, le lieu de toutes les initiations.

— Que venons-nous chercher ici, Brion ? demanda-t-il.

— Toi rien, répondit sèchement le Balafré, tu pars en avant pour la baie de Murlough. Tu choisis cinq hommes. Nous nous retrouverons là-bas.

— Pourquoi nous séparer ? rétorqua Oengus, son regard gris fixé sur le visage du chef des Fianna.

Brion eut un geste rageur.

— Suffit, Oengus ! Je n'ai pas pour habitude de me justifier, gronda-t-il, ni toi de discuter mes ordres.

Connaissant la violence de l'autre, l'ancien druide

n'insista pas. Il appela un à un les cinq mercenaires qui allaient faire route avec lui vers le royaume des Dal Fiatach, puis se tourna à nouveau vers le Balafré, remarquant d'une voix tranquille :

— C'est un envoyé d'Emain Macha qui est venu te voir en secret à Tara ?

— Tu parles trop.

— Et toi, Brion, tu oublies notre accord, rétorqua Oengus avec calme. Il est d'autres Fianna de par le pays, je peux les rejoindre et te laisser seul avec tes fantômes.

— Non ! jeta soudain le Balafré.

— Bien alors, nous sommes d'accord. Je vais t'attendre à la baie de Murlough, et ensuite, tu m'expliqueras ce que tu trames.

Vaincu, le Balafré hocha la tête sans mot dire. L'autre tourna bride et la petite troupe s'éloigna au galop. Brion fixa longtemps le nuage de poussière qui s'élevait derrière eux. Il se rappelait sa première rencontre avec Oengus et ce qui s'était ensuivi.

Depuis qu'il avait poignardé la belle Arie et Ruan, son fils nouveau-né, le Balafré ne trouvait plus le repos. Seuls la fureur guerrière, le sang versé et l'épuisement qui suivait, pouvaient encore l'apaiser. Dans ces moments-là, il dormait comme une bête, à même le sol, les membres rompus, la tête vide, pesamment.

Et puis, l'année dernière, alors qu'ils bivouaquaient près d'une rivière et que la nuit les enveloppait, un homme était apparu devant lui.

Nul parmi les guetteurs ne l'avait repéré, nul parmi ses hommes ne l'avait même vu traverser le campement. Il s'était incliné avec courtoisie, et d'une voix calme, après avoir énoncé son nom, lui avait proposé ses services. Son visage était sans peur. Il disait se nommer Oengus à la lame d'argent, l'homme sans épée, l'ancien druide.

Pourquoi ne l'avait-il pas fait tuer alors pour son insolence et pour avoir osé le braver devant tous ses hommes ?

Mais, il savait pourquoi. Cette nuit-là, le fantôme pâle d'Arie le harcelait plus que de coutume, sa tête était prise dans un étau de fer et Oengus, simplement en posant sa main sur son crâne, avait arrêté le tumulte. La forme blanche d'Arie s'était dissipée comme fumée chassée par le vent. Le geste avait été si rapide, si inattendu que Brion n'avait su comment réagir, ni même empêcher l'autre de le toucher.

Il l'avait pris comme lieutenant et n'avait pas eu à s'en plaindre. Chaque fois que sa douleur lui faisait perdre la raison, Oengus était là. Toujours là. Il n'avait plus à faire couler le sang.

Oh bien sûr, les formes pâles de la femme et de l'enfant n'avaient cessé de le torturer, mais souvent, comme s'il les voyait aussi nettement que lui, Oengus s'approchait, imposait les mains et ils basculaient à nouveau dans l'Autre Monde.

Il réalisa alors que sur son ordre, Oengus était parti, que des nuits de chevauchée allaient les séparer.

Il songea même, un bref instant, à le rappeler, mais

il savait que ce n'était pas possible, que l'homme sans épée ne devait pas voir ce qu'il allait accomplir à Emain Macha.

Le poing crispé sur sa lance porte-étendard, il jeta un dernier regard vers les cavaliers qui disparaissaient derrière un repli de terrain, et son visage se durcit.

52

Le Balafré n'avait pas choisi au hasard les compagnons qui, depuis quatre ans, l'accompagnaient. Il avait éliminé les plus faibles et ceux qui discutaient ses ordres. Ceux qui restaient, ces Fianna-là, étaient prêts à tout, et surtout à lui obéir. Ils étaient tous d'anciens seigneurs ou d'anciens guerriers bannis pour crime, ou pour avoir enfreint les *geasa*, les interdits des druides...

Ils craignaient Brion et le vénéraient tout à la fois, pour la fureur qui l'habitait et qui, chaque jour davantage, les entraînait vers la mort. Méritaient-ils seulement encore ce nom de Fianna ? Le nom de cette fraternité de guerriers payant leurs dettes en se mettant au service des rois et des seigneurs pendant la moitié de l'année. Parcourant, le reste du temps, les forêts et les landes d'Irlande, libres comme des hardes de cerfs, chassant, pêchant, dormant à la belle étoile ? Non, bien sûr, ils n'étaient plus des Fianna, et bientôt, tous les guerriers d'Irlande seraient contre eux.

Un vilain sourire découvrit les dents de Brion.

Il fixa à nouveau le sanctuaire d'Emain Macha. Sa

décision était prise, il l'avait prise bien des années auparavant. Il avait promis au vieil homme de revenir. Il avait accompli ce qui devait être accompli...

Et le roi d'Ulster, Collbran au cou rouge, n'était pas encore de retour de Tara avec ses guerriers.

Brion leva haut sa lance, hurlant sauvagement son nom, un cri aussitôt repris par les autres. Les Fianna éperonnèrent leurs bêtes et prirent le galop. Les fers des destriers sonnaient sur la terre durcie par la gelée matinale, tandis qu'ils escaladaient la colline.

Emain Macha n'était pas une position fortifiée, même les fossés étaient à l'intérieur derrière la levée de terre qui servait d'enceinte. Le portail restait toujours grand ouvert.

Des druides et des druidesses, des gens d'art, des serviteurs allaient et venaient paisiblement. Le lac sacré brillait. Il faisait beau. Il n'avait pas plu depuis la veille et le ciel était d'une transparence cristalline.

53

Brion avait longtemps réfléchi à ce moment. À la façon dont il allait se présenter à l'Ancien.

Il ordonna à ses hommes de se mettre en colonne par deux, derrière lui. Au pas.

Les yeux du Balafré examinaient très vite ce qui l'entourait. Le portail sans garde. Les maisons circulaires recouvertes de toits de chaume, les murs peints aux couleurs d'Emain Macha, toutes ces portes sans verrou, ces fenêtres entrebaîllées. Les guetteurs sur les levées de terre. Là-haut, près de ce tertre scintillant, les maisons rondes des druides, en bas celles de leurs serviteurs. Une forge d'où jaillissaient des flammes, des écuries. Près du lac, une bâtisse ronde qui devait être un temple.

Un peu plus loin, cernée de bosquets de trembles, la résidence inoccupée du roi d'Ulster, Collbran, et de ses seigneurs. De rares soldats occupés à astiquer leurs lames, des femmes portant du linge. Des bottes de paille empilées sous un auvent de bois, quelques chiens, des moutons dans un enclos. Il avait aussi remarqué le cavalier qui venait vers eux, et surtout, la silhouette là-haut, enveloppée d'une cape de lumière. Il était prêt à se trancher la main s'il ne s'agissait pas du druide Cetal.

Un croassement retentit, lui faisant, un bref instant, lever la tête.

Au-dessus d'eux tournoyait lentement un grand corbeau. Sa tête inclinée vers le sol, son œil rond fixé sur les cavaliers qui s'étaient immobilisés. L'oiseau décrivit un large cercle puis, dans un bruit d'ailes froissées, se percha sur le toit de paille de la maison ronde devant laquelle se tenait le druide, appuyé sur sa longue canne de coudrier. Le vieil homme avait le regard fixé sur les nouveaux venus et une singulière expression tordait ses traits. Peur, résignation, attente, tout cela s'y lisait en même temps, alors que les Fianna s'immobilisaient devant le capitaine des gardes d'Emain Macha.

54

Sa cape verte brodée de fils d'or reposant sur la croupe de son destrier, l'homme s'était campé devant Brion. Son casque conique était gravé d'entrelacs, un torque de bronze enserrait son cou puissant que surplombait un visage au teint brique, auréolé de cheveux gris.

— Bienvenue à Emain Macha, seigneur Fianna ! fit-il en le saluant d'un rapide signe de tête. J'ai ordre de vous conduire auprès du druide Cetal. Vos hommes devront rester ici, mais si vos bêtes ont soif, ils peuvent les conduire aux abreuvoirs situés près du lac.

— Mes hommes n'obéissent qu'à moi, capitaine ! repartit sèchement le Balafré. Ils attendront ici, en ordre de marche, car nous repartons de suite après mon entretien avec votre maître. Quant aux montures, elles ont eu ce qu'il fallait.

— Bien, suivez-moi, dit le capitaine en faisant faire demi-tour à son cheval.

Ils escaladèrent la colline jusqu'à l'une des maisons rondes. La silhouette à la cape n'avait pas bougé. En s'approchant, Brion reconnut le vieil homme, les traits un peu plus creusés que jadis, mais toujours avec ce même regard perçant. Autrefois, devant ces yeux-là, il s'inclinait, mais pas aujourd'hui.

Il sauta à terre, attacha les rênes de son destrier à la fourche d'un arbuste et marcha d'un pas décidé vers le vieil homme.

Derrière lui, sur un signe de Cetal, le capitaine avait

fait demi-tour, talonnant sa monture, retournant au palais du roi.

55

— Ainsi, tu es revenu achever ta besogne, Brion.

— Ne vous en avais-je pas fait serment ?

— C'est sans doute le seul que tu n'aies pas trahi ! rétorqua calmement le druide en se dirigeant vers l'intérieur de sa maison.

À cette phrase, le Balafré sentit bouillir son sang. La fureur le gagnait, une fureur que rien ne pourrait éteindre, sauf... Il pénétra dans la maison, à la suite de l'ancien. C'est à cause de cet homme qu'il avait été jugé, qu'il avait perdu ses terres et jusqu'au droit de porter son nom, c'est à cause de lui enfin, qu'il avait été banni. Depuis, il n'avait survécu que grâce à la haine. Une haine qui chaque jour tenait plus de place. Jusqu'à ce qu'il ne reste plus rien de l'homme qu'il avait pu être.

— Rien ne sert de me provoquer, déclara-t-il, tout est déjà en marche.

— Que crois-tu donc m'apprendre, Brion ? As-tu oublié qui je suis ? fit le vieillard en le toisant.

— Je n'oublie rien, mais je ne crois plus en votre puissance, Cetal. Je ne crois plus en rien. Je reviens de Tara, le vent de la discorde y souffle et j'ai tout fait pour que le feu en soit violent.

— Je ne sais que trop de quoi tu es capable, mais ta violence n'est rien. Le vent de la discorde devait souffler sur l'Irlande, car le temps du changement est venu.

Le vieillard semblait si sûr de lui, qu'un court instant, Brion pensa qu'il savait tout. Il douta même de posséder ce que lui avait remis ce druide corrompu à Tara. Un objet sacré qu'il n'avait pas osé contempler et qu'il portait depuis dans l'étui de cuir rouge de son arc. Malgré sa colère, une envie brusque de s'enfuir devant ce vieil homme qui réussissait encore à lui en imposer, le posséda. Il insista pourtant :

— Vous n'avez pas compris, les rois vont se battre, et l'Irlande sera en feu.

— Le feu... murmura Cetal, sais-tu seulement ce qu'est le feu ? Non, pas plus que tu ne comprends ce que tu condamnes à mort. Tu n'écoutes que ton sang, et rien d'autre.

— Vous ne me faites pas peur.

— Je sais exactement ce que tu ressens, répliqua doucement le druide en s'asseyant sur un fauteuil de bois d'if près de l'âtre où achevait de se consumer une bûche, et je sais aussi quelle est la haine qui t'anime... Sans cela tu n'aurais pas osé tuer ta femme et ton fils.

— Taisez-vous ! gronda le Balafré dont le visage s'enflamma.

— Je ne me tairai pas, observa simplement Cetal. La belle Arie t'avait honoré de son amour, elle t'avait même donné un descendant.

— Elle m'a trahi ! rugit Brion, hors de lui.

— Non ! Et tu le sais. Tu sembles oublier comme tu la traitais, comme la jalousie t'avait même fait lever une lame sur la couche de ton nouveau-né ! Pourtant, Arie t'aimait avec passion. Combien de seigneurs et de rois n'avait-elle repoussés pour t'épouser toi, le chef Dal Riata. Malgré cette jalousie qui chaque jour te dévorait davantage et empoisonnait votre vie, elle est restée. Malgré les coups que tu lui donnais, sa servante tuée, sa jument qu'il a fallu abattre parce que tu lui avais tranché le jarret, et son chien que tu avais battu à mort... Mais un jour, tu as touché à son fils, à votre fils, pour l'avoir trouvé près d'elle, trop près. Il n'avait même pas un an. Alors, avec la complicité d'un garde, elle a fui vers le seul homme qui l'ait jamais aimé, Fiachra, roi des Cenel nEogain, cousin du *ard-ri* Loegaire. Trop heureux de lui offrir la chaleur de son amour, à elle et à ton petit. Seulement, tu étais toujours là, et jamais, tu n'aurais pu renoncer à Arie. Son départ t'avait rendu fou. En vain, tu as torturé et tué le garde qui l'avait aidée à s'évader. En vain, tu en as passé d'autres par le fil de ton épée et de ta hache. Puis, au bout de deux années, grâce aux espions que tu avais envoyés partout dans le royaume d'Ulster, dans le Connaught et jusqu'en Leinster, tu as retrouvé leurs traces. Des mois ont passé encore, des nuits de ténèbres où, caché dans la forêt, méconnaissable, plus sauvage qu'un loup, tu surveillais la forteresse de Fiachra.

Brion poussa un hurlement de rage, se bouchant les oreilles de ses paumes pour ne plus entendre les mots de sa douleur, mais le vieux druide continuait, imperturbable.

— Le roi a pensé que tu avais abandonné. Arie s'est mise à sortir, à se promener avec le jeune Ruan, au début avec des gardes, ensuite sur sa demande, seule avec lui. Elle aimait à se réfugier près de cette mare dans la forêt, tu te souviens ?

L'autre secouait la tête. Il revoyait la mare, le visage d'Arie, sa cascade de cheveux d'or tombant jusqu'à ses reins, ses yeux bleu nuit, et cette expression, presque de la joie quand elle l'avait vu sortir d'entre les fourrés. Non pas de peur, de joie ! Elle l'avait tellement aimé, cela il le savait, même si ensuite elle l'avait déshonoré.

— Un nid de mousses et de fougères, où s'enfonçaient les rayons du soleil, poursuivait Cetal. Des saules en ombrageaient les rives, leurs racines plongeant dans l'eau verte. Des poissons d'argent y sautaient, et cela faisait rire l'enfant. Un jour, qu'ils étaient là, tous deux, tu les a surpris.

— Non, non ! cria Brion. Taisez-vous !

Mais sans pitié pour l'homme qui se tordait en face de lui, le druide poursuivit son récit.

— Elle t'a supplié d'épargner l'enfant. Votre enfant. Mais tu ne l'as pas fait, et c'est d'abord lui, qui malgré son jeune âge, s'était placé devant sa mère pour la défendre de cet homme qu'il n'avait pas reconnu, qu'il ne pouvait pas reconnaître, que tu as tué. Un seul coup du revers de ta lame pour lui trancher...

— Non !

Brion revoyait l'expression étonnée de son fils alors qu'il glissait à ses pieds, et Arie qui s'était jetée sur lui en hurlant comme une bête blessée et lui, qui l'avait poignardée pour la faire taire, mais elle hurlait toujours. Même morte, elle hurlait !

Alors que la nuit tombait, les soldats du roi Fiachra l'avaient trouvé, couvert de sang, enfonçant frénétiquement sa lame dans le cadavre glacé de sa femme.

— Non ! hurla-t-il.

56

De la colline sacrée montaient d'épaisses colonnes de fumée noire que le vent rabattait vers les deux cavaliers. Fergus et Eogan s'arrêtèrent, doutant de ce qu'ils voyaient. Emain Macha était en feu, Emain Macha brûlait !

D'un même élan, ils talonnèrent leurs montures, leur faisant prendre le galop, franchissant le portail grand ouvert du sanctuaire.

57

Il n'y avait pas de mots pour décrire l'horreur qui les saisit à la gorge. Ce n'était plus devant eux que flammes, ruines et cadavres. Partout des corps baignant dans leur sang, des maisons incendiées, des réserves de foin calcinées, l'incendie faisant s'effondrer les poutres maîtresses du palais... Des sentinelles décapitées, un peu partout des druides, des femmes, des serviteurs, massacrés jusqu'au dernier. Enchevêtrements de membres épars, de têtes tranchées... Même les chevaux, les chiens et les moutons n'avaient pas échappé à la fureur guerrière des assaillants.

Partout, des corps et déjà, dans les endroits que ne ravageait plus le feu, des corbeaux, des centaines de corbeaux en train de les dépecer. Ici et là, le dernier râle d'un mourant.

— Qui a osé ? Emain... articula avec difficulté Eogan, dont la voix s'étrangla.

Rendus nerveux par l'odeur de charogne que dégageait déjà le charnier chauffé par le soleil, par la suie qui les aveuglait et l'incendie qui grondait encore autour d'eux, les destriers tiraient sur les rênes, hennissaient, donnaient de grands coups de tête.

— Je ne sais, murmura Fergus, presque pour lui-même. Il faut trouver... Où peut être celui que tu devais rencontrer ?

— Le druide Cetal, marmonna Eogan, il doit être mort, lui aussi. Il habitait près du temple de la Roue Ramante.

— La roue qui tourbillonne entre le feu, l'air et l'eau. Tu crois que c'est ce temple en feu là-bas ?

— Non, cela ne correspond pas au chant que m'a enseigné Gwydion. Je ne vois pas le temple en question. Mais il m'a dit que si c'était le cas, si le temple restait invisible à mes yeux, je devais chercher le tertre qui scintille, au-dessus du Loughnashade, le lac sacré. Là tout près, se trouve la maison de Cetal.

— Le tertre qui scintille, le voilà ! s'exclama Fergus en désignant un monticule au sommet d'un blanc neigeux.

Seul endroit immaculé dans cette plaine noircie par le feu et souillée par le sang, qu'était devenu le sanctuaire d'Ulster.

58

Singulièrement, la maison de Cetal était intacte, et quand les deux compagnons y pénétrèrent, ils virent tout de suite le vieil homme, assis sur son fauteuil en bois d'if, les yeux clos, un glaive enfoncé dans le ventre.

L'homme ouvrit les yeux d'un coup quand Eogan se précipita vers lui. Un peu de sang coulait le long de la lame, formant une tache sombre qui allait s'élargissant sur le tissu lumineux de sa cape.

— Tu arrives bien tard, mon fils. Il a été dur de t'attendre, fit le druide d'une voix sifflante, ses doigts minces crispés sur les accoudoirs de son siège.

Son regard n'était déjà plus de ce monde et Eogan protesta :

— Il faut vous soigner, vous allez...

— Ne me touche pas, pas encore ! Et écoute...

Le sifflement s'amplifia, puis se tut. Le druide rassembla ce qui lui restait de force, murmurant :

— Ce que tu sais arrive. Brion le Balafré a brûlé Emain Macha, mais surtout, il a volé le symbole de royauté.

Eogan ne pouvait croire ces derniers mots. Les trésors étaient gardés par les druides dans la grotte sacrée à Tara.

— L'épée de lumière ! s'exclama-t-il.

— Oui, le glaive de Nuada, souffla l'autre. Souvenez-vous, nul ne doit le sortir de son fourreau.

— Mais elle était gardée...

— Un homme, un druide a trahi sa foi.

— Que veut Brion ?

— La chute des cinq royaumes, Eogan, la chute des cinq royaumes. Il faut retrouver la lame. Elle doit être rendue... Il faut qu'elle retourne là-bas.

— À Tara.

— Non, non ! protesta faiblement le vieillard. Les îles au nord du monde, Eogan, les îles...

— Les îles... répéta Fergus, les yeux écarquillés, tout à la vision de ces sanctuaires que peu d'hommes vivants avaient approchés et qui étaient demeures d'enseignement et demeures des dieux.

— Je la retrouverai, fit Eogan.

— Il est trop tard pour moi. Je ne pourrai t'apprendre les chants.

Le vieil homme s'éteignait lentement, et sa voix devenait presque inaudible :

— Il faut que tu voies... Dans la forêt, la cascade d'Ess na Larach, le druide... Il t'enseignera et te dira quoi faire avec le glaive.

— Mais je ne connais pas Ess na...

— Moi, je connais, le coupa Fergus. J'y suis déjà allé avec mes frères.

— Fergus, fit le vieil homme dont le regard se fixa

un infime instant sur le grand rouquin, ne quitte jamais ton ami. (Il prononça alors une phrase qu'avait déjà entendue Eogan dans la bouche de Gwydion.) Jamais ou vous serez perdus tous deux, ne laissez rien ni personne vous séparer. Vous êtes les doigts d'une même main.

Le druide se tut et le sifflement de sa respiration emplit toute la pièce.

— Maintenant, retirez l'arme, et portez-moi sur le tertre... qui scintille.

— Mais si nous ôtons la lame, il en sera fini...

— Obéissez !

Les jeunes gens hochèrent la tête et Eogan, saisissant le manche, l'ôta d'un coup sec. Un flot de sang l'éclaboussa et la tête du druide retomba. Il était mort.

Chapitre 7

« Et toi, ô mon aîné, par quelle route es-tu venu ?

Ce n'est pas difficile :
sur l'aiguillon de Lug,
sur les seins de femmes douces,
sur la chevelure d'un bois,
sur la tête d'une lance,
sur une tunique d'argent,
sur un châssis de char sans fond,
sur un fond sans char,
sur les trois ignorances du fils du jeune. »

Imacallam in da Thuaraid
Le dialogue des deux sages.
Traduction Christian-J. Guyonvarc'h

59

Les deux jeunes gens restèrent un moment sans réagir devant le corps. Puis, d'un geste brusque, Fergus s'empara de la lame qui était tombée aux pieds d'Eogan et l'essuyant sur sa tunique, la glissa à sa ceinture.

— Elle sera mienne désormais, déclara-t-il d'une voix rendue rauque par l'émotion, et je n'aurai de cesse qu'elle ne retourne à son maître. J'en fais serment ici et maintenant.

Eogan acquiesça d'un signe de tête, fermant les yeux du vieil homme.

— Le grand ancien a demandé que nous le conduisions sur le tertre. Obéissons.

Et sans ajouter un mot, tous deux saisirent le druide par les bras et les jambes. Ils le portèrent vers l'étendue de quartz blanc où ils l'allongèrent doucement, refermant les plis de la grande cape avant de placer sur la poitrine du mort, le grand bâton de coudrier qu'ils avaient trouvé accoté au fauteuil.

Ils étaient encore en prière, quand un bruit de chevauchée les fit se retourner. Une vingtaine de cavaliers aux couleurs d'Emain Macha, visiblement des chasseurs revenant avec du gibier, venaient de passer l'enceinte et se dirigeaient droit sur eux.

60

La petite troupe s'était arrêtée au pied du tumulus, leur chef avait sauté de cheval, les rejoignant, s'inclinant longuement devant le cadavre, avant de leur parler d'une voix hachée. Son visage empourpré et ses poings serrés trahissaient sa colère.

— Je suis Meran, fils de Aine, chef du clan des Fir Rois, se présenta-t-il. Nous étions partis à la chasse depuis deux nuits, en prévision du retour prochain de notre roi en son palais d'Emain...

L'homme s'interrompit brusquement. Il paraissait réaliser qu'il n'y avait plus rien ici de ce qu'il avait connu auparavant, que plus un temple n'était debout, que les maisons et le palais brûlaient, qu'ils étaient les seuls survivants et que rien ne serait plus jamais pareil dans le sanctuaire d'Ulster.

Eogan attendit un moment, respectant son silence et sa douleur, puis il se nomma ainsi que Fergus et ils expliquèrent le peu qu'ils savaient, omettant toutefois de parler du vol du glaive de lumière. Déclarant leur intention de prendre le Balafré en chasse.

— C'est à nous de le faire ! protesta Meran.

— Non, vous devez attendre le retour de Collbran au cou rouge. S'il est parti de Tara peu après nous, il ne devrait pas tarder. Ensuite, et nous ne pourrons guère le faire à votre place, il faut prendre soin des morts et tenir Emain Macha, rétorqua Eogan.

— Qui est ce Brion le Balafré ? poursuivit l'autre

avec véhémence. À quel clan appartient-il ? Sur quel ordre a-t-il agi ?

— C'est un chef Fianna. Nous ne croyons pas qu'il y ait personne au-dessus de lui, Meran. Le druide Cetal avant de mourir nous a parlé de vengeance.

— Mais quoi, c'était un massacre, il ne reste plus âme qui vive ici, pas même un animal qu'ils n'aient passé par le fil de l'épée ! Et vous voulez me faire croire que pour une histoire de querelle, un homme a détruit notre sanctuaire ! Emain Macha n'est pas, et n'a jamais été, sauf au temps des dieux, un lieu de guerre. C'est une enceinte sacrée.

— Vous et moi le savons, Meran. Il n'en est pas de même de cet homme. Si tant est qu'il porte encore le nom d'homme.

— Vous ne m'avez pas dit d'où venait ce Fianna, car vous le connaissiez, n'est-ce pas ? insista le chasseur.

— Il est le chef des Fianna qui assuraient la protection des marchands de Belteine, à Tara. Nous l'y avons vu là-bas, répondit Fergus.

— C'est donc un homme du *ard-ri* Loegaire ! s'exclama Meran avec violence. Un homme dévoué aux Ui Neill.

— Non, Meran, non ! Je vois ce que vous pensez, et vous faites erreur, rétorqua Eogan avec véhémence. En aucune façon, Loegaire n'aurait donné de tels ordres. Il veut la paix dans les cinq royaumes. Ce Fianna a agi de son propre chef, même si nous n'en voyons pas encore la raison.

L'homme passa une main sur son front en sueur.

— Cependant... Qui mieux que les Ui Neill profite de la chute du lieu sacré des Ulaid, de notre lieu sacré à tous ici ?

— Croyez-moi, fit Eogan en posant sa main sur l'épaule de l'homme, vous faites fausse route.

Devant le regard clair du jeune homme, Meran se troubla et baissa la tête.

— Ne partez pas maintenant, demanda-t-il soudain, il n'y a plus de druide à Emain Macha. Plus personne pour nous parler de paix en ce moment terrible, et nous aurons besoin de vous pour la cérémonie. Si vous en êtes d'accord, nous allons brûler les cadavres, et offrir au Loughnashade les offrandes qu'il demande. Mes hommes et moi-même allons travailler jusqu'à la nuit, et ils vont avoir besoin du réconfort que tous deux pourrez leur offrir.

— Il en sera ainsi.

61

Les chasseurs avaient attelé leurs destriers à des chars pour convoyer les corps vers les bûchers. Ils avaient dépecé les bêtes, abattu les maisons trop branlantes, achevé de sauver ou de détruire ce qui devait l'être encore. Allant et venant à leur besogne, les traits tirés, les membres rompus par la fatigue.

Enfin, Fergus et Eogan allumèrent les feux. Les cendres grasses et noires des morts tournoyèrent bientôt dans le ciel. Cetal se consuma, druides et druidesses, *aes dana*, serviteurs et guerriers aussi. Malgré la menthe, les herbes et les écorces de genévrier qu'avait jetées Fergus sur les cadavres, une terrible odeur de chairs carbonisées plana bientôt sur la colline.

À la nuit venue, les flammes l'éclairaient encore.

Les flots verts du lac sacré, le Loughnashade, s'étaient refermés sur les offrandes des morts : fibules, boucliers, casques, épées, instruments de musique, trompettes de bronze, bâtons d'argent rehaussés d'or et de corail... Des offrandes qui, par la porte des eaux, rejoindraient tout droit l'Autre Monde et ses dieux.

Parmi les cadavres, Fergus avait retrouvé deux de ses cousins, et aussi le cadet d'Eogan, celui dont Cormac, le forgeron de Tara, était si fier. Le jeune homme n'aurait jamais son nom de guerre. Le père d'Eogan ne deviendrait pas celui d'une lignée de guerriers.

« Partout des flammes, songea Fergus, *des flammes qui n'étaient plus celles de Belteine et qui ne chantaient pas la puissance d'Irlande, mais son changement. »*

Sur le conseil d'Eogan, le chef du clan des Fir Rois ordonna que soient sortis de la grotte où ils étaient entreposés, les carnyx de bronze. Ces trompes anciennes à gueules de sanglier, hautes comme trois hommes, qu'on n'utilisait plus qu'en cas d'alerte, émettaient un son si bas et si puissant qu'il s'entendait à des miles à la ronde. L'appel à l'aide du sanctuaire serait relayé par tous les guetteurs des clans environnants, et bientôt, espéraient-ils, il y aurait suffisamment d'hommes pour reconstruire Emain Macha, et prévenir le roi d'Ulster et le *ard-ri* Loegaire, à Tara.

Enfin, avant que le disque rouge du soleil ne disparaisse complètement derrière les collines et que la brume ne voile les eaux du lac, les chasseurs formèrent un demi-cercle derrière les jeunes druides. Agenouillés devant le Loughnashade, ils chantèrent les mains ouvertes, les paroles du voyage vers l'Autre Monde.

Leurs voix s'élevaient vibrantes, les mots étaient repris par tous les guerriers. Salutation, prière, incantation, ils nommaient les hommes et les femmes partis vers le Sid.

Le Sid que toute eau, rivière ou étang, fleuve, torrent ou simple mare, permettait d'atteindre. Le Sid, royaume par-delà les mers. Le Sid où tous, enfin, seraient en paix. Mag Meld, Mag Mor, Tir na mBân, Tir na mBéo, Tir na nOg : Plaine du plaisir, Grande Plaine, Terre des Femmes, Terres des Vivants, Terre des Jeunes...

62

— Tu sais donc où est Ess na Larach ? demanda Eogan à Fergus, rompant le silence qui s'était installé entre eux.

Ils avaient tous deux le visage et les mains couverts de suie, de grands cernes noirs soulignant la lassitude de leur regard. Adossés aux troncs des trembles, non loin des restes incendiés du palais, ils avaient bu un peu d'eau et mangé sans appétit un reste de viande séchée. Ils s'étaient assis là pour passer le reste de la nuit, refusant la proposition de Meran de se joindre à eux.

Quelques pas plus loin, leurs destriers arrachaient de maigres touffes d'herbe. La petite hermine s'était roulée en boule dans la cape de Fergus. Il ne pleuvait toujours pas et la pleine lune éclairait la colline sacrée comme en plein jour.

Les guerriers de Meran remettaient du bois pour achever de consumer les derniers corps. Les bûchers ronflaient toujours, teintant la brume nocturne d'une rougeur sinistre. Les carnyx s'étaient tus, ils reprendraient leurs plaintes dès l'aube.

— Oui, bien loin d'ici, dans les glens d'Antrim. Il nous faudra marcher vers le territoire des Dal Riata, mais je connais les chants pour y arriver. Ess na Larach est une chute d'eau près de laquelle vivait jadis un druide.

— Jadis ?

— Oui. Il est parti pour le Sid depuis bien des nuits. J'étais encore enfant alors, et c'était déjà un très grand ancien.

— Tu crois...

— Je ne crois rien. Nous irons à Ess na Larach comme l'a demandé Cetal, déclara Fergus en attrapant l'étui de peau de sa harpe et en la sortant avec douceur, caressant le bois sculpté et les cordes.

« Que vienne Dur-Dabla,
Que vienne Coir-Cethar Chuir,

Que vienne l'été, que vienne l'hiver,
Bouches de harpes et sacs et cornemuses. »

Quelques instants plus tard, s'élevait dans le silence de la nuit, Goltraiges, l'air de la tristesse. Sous l'effet de la mélopée et de la voix chaude de son ami, les traits d'Eogan se détendirent, le chagrin l'envahit, plus doux à son cœur que les pensées qui l'obsédaient depuis leur départ des tourbières.

Il repensa à son cadet tué par le Balafré — ce jeune frère qu'il n'avait guère connu mais dont les éclats de rire lui revenaient soudain — à tous ces morts, aux chevaux même, dont Brion avait fait trancher les jarrets. Se demandant comment lui, Eogan, pourrait affronter celui qui, de nuits en nuits, s'éloignait des hommes pour n'être plus que fureur ?

La musique le cernait, le poussant hors de lui.

Le rêve l'accompagnait toujours, différent, obsédant, amer. Il ferma les yeux, laissant son esprit s'éloigner de son corps.

63

Je suis corbeau au-dessus des marais...

Les yeux noirs pailletés d'or crient vengeance.

Les rêves sont les rêves, et dans celui-là, pierre, arbre, fougère et mousse, je ne fais plus qu'attendre.

L'enfant se mord le poing jusqu'au sang.

Plainte inarticulée, visage tourné vers le ciel, rage et impuissance.

Dans un bruit d'ailes froissées, le corbeau se laisse tomber sur le sol.

Les rêves sont les rêves, ils vous portent où ils veulent d'un lieu à l'autre, d'une vie à l'autre, de celle de la bête à celle de la pierre.

Enveloppé dans les plis du manteau blanc brillant du druide, l'enfant disparaît.

Les rêves sont les rêves. Sur l'étendue noirâtre, flottent des lambeaux de brume et, par endroits, des bulles montent des profondeurs, témoignant d'une présence maléfique tapie sous la fange.

64

Le goût âcre du sang dans la bouche, Eogan revint à lui-même. Il s'était mordu les lèvres en dormant. Il faisait encore nuit, et Fergus jouait toujours.

Depuis qu'ils étaient partis de Tara, tout comme l'avait prédit Gwydion, la brume de son rêve se dissipait. Mais avec cette compréhension était né autre chose, un sentiment terrible qui le rongeait et dont il n'osait parler.

Depuis ce matin où Fergus l'avait retrouvé sur la chaussée, loin de leur campement, immobile et silencieux. Avec ce corbeau qui le fixait toujours, et qui ne s'était envolé qu'à l'approche du Rouge.

Il ne pensait que vengeance. Il savait enfin quel était le message des yeux pailletés d'or, et contre qui il devait tirer le fer.

Il n'avait voulu répondre à aucune des questions de

Fergus, lui demandant juste de l'abandonner là, lui conseillant de retourner immédiatement à Tara, lui ordonnant même de le faire.

Le visage contracté par la colère de se voir ainsi chassé, le Rouge avait refusé, et butés tous deux, ils étaient repartis vers Emain Macha, l'ultime destination, pensaient-ils, de ce singulier voyage.

65

— Et moi qui voulais me séparer de toi, finit par murmurer Eogan, son regard se posant sur son ami qui, adossé à un arbre, jouait toujours. Tu n'as donc pas dormi ?

— Non, répondit Fergus dont la paume suspendit la vibration des minces cordes de peau.

Le son mourut, douloureux.

— Je me croyais capable d'accomplir seul ce qui devait être accompli, poursuivit Eogan. Je n'imaginais pas trouver Emain en feu, ni Cetal mort par l'épée.

— Tu es capable d'accomplir seul tout ce que tu dois.

— Les doigts d'une seule main, tu te souviens des paroles de Cetal ? reprit Eogan. Gwydion avait prononcé exactement la même phrase, quand je l'ai vu dans la maison du Milieu avant notre départ.

— Oui. Mais ils n'ont rien dit que nous ne sachions déjà, toi et moi.

— C'est vrai.

— J'ai toujours cru, continua Fergus, que je devrais

t'accompagner, même s'il fallait pour cela combattre les Fomoire et passer dans l'Autre Monde. Mais toi, que penses-tu aujourd'hui ?

— Moi, je ne sais même plus qui je suis, Fergus, avoua le jeune homme, s'emportant avec une violence aussi soudaine qu'inattendue.

Fergus reporta son attention sur sa harpe, en tirant une haute note dont la sonorité mit infiniment de temps à s'éteindre. Mais l'autre poursuivait :

— Je te dois la vérité. Cette nuit-là, à Corlea, j'ai revu la bandrui, la druidesse, mourir étouffée par la fange, mais surtout, je me suis vu, enfant.

— Toi ? Comment peux-tu être sûr que c'était toi ? Cela voudrait dire que tout cela n'est pas un rêve, qu'il y a bien longtemps, quelque part, tu l'as vécu...

— C'était moi, caché dans les fourrés... contemplant sans rien faire son agonie.

— Qu'aurais-tu pu faire alors si tu n'étais qu'un enfant ?

Sous le coup de l'émotion, alors qu'il commençait à entrevoir la vérité, Fergus posa rudement sa harpe sur le sol. L'hermine s'était dressée, fixant les deux hommes de ses petits yeux noirs, inquiète.

— J'ai enfin compris qui elle était, continuait Eogan. Cette condamnée ne peut être que ma mère.

— Ta mère ! Mais, et Luaine... L'épouse de Cormac ?

— Tu as raison d'hésiter. Je ne sais même plus si Cormac est mon père. Si j'ai des frères et des sœurs.

— Pourquoi tout ceci t'aurait-il été caché ? Y

compris par les anciens, car je ne peux imaginer que Gwydion ignore...

— Il ne l'ignore pas, le coupa Eogan. Le jour de mon départ, il a prononcé une phrase que je n'avais pas voulu comprendre. Il m'a dit que mon rêve venait d'un temps que j'avais vécu, et que je vivrais encore. Ce n'était pas un rêve, mais bien ce que j'avais vu de mes yeux.

Fergus songea à part lui, qu'il n'était ni assez sage ni assez instruit pour comprendre ce qui, depuis qu'ils avaient quitté Tara, les assaillait tous deux.

Ce qui s'était passé dans la grotte l'avait troublé plus que tout, et ses nuits avec le corps charmant de Fan contre le sien, la douceur de l'air ce matin-là à Tara, la beauté des feux, la puissance de Belteine semblaient si loin, son insouciance aussi et même le goût qu'il avait pour la poésie et la musique...

Il sentait se réveiller en lui une violence qu'il ignorait. Il s'était trouvé, à de nombreuses reprises, à contempler le glaive qui avait tué Cetal, à passer sa main sur le fil avec autant de plaisir qu'il en avait à effleurer les cordes de sa harpe.

Pour oublier tout cela, pour revenir à lui-même, il n'avait su, malgré sa fatigue, que jouer et jouer encore, alors que son ami s'agitait dans son sommeil.

La mort de Slanga, le vol du talisman des Tuatha de Danann, la ruine d'Emain Macha et maintenant, son ami, son frère qui n'était plus de nulle part. Car il n'y avait rien de pire que de ne pas savoir à quelle lignée se rattacher. Pire même que d'être banni par tous, comme les Fianna.

— Tu penses que pendant toutes ces années, reprit-il, Cormac le forgeron aurait pu te cacher la vérité ?

— Je pense qu'il y a là trop de choses qui m'échappent. Je me souviens de ses dernières paroles quand je suis allé lui faire mes adieux. *« Et, quoi que tu apprennes,* m'a-t-il dit, *ne doute jamais de toi, ni de ceux qui t'ont élevé.* » Quoi que tu apprennes...

— Mais il a dit aussi : « *Ne doute jamais de toi.* » Quoi qu'il en soit, le forgeron est un homme de vérité, et il a su te donner plus que ne donnent bien des hommes, Luaine, sa femme, aussi.

— Je sais tout cela, je sais. Mais tu comprends, moi qui vois tant, je suis aveugle à ce que je suis, Fergus !

Le rouquin n'arrivait plus à discerner quel sentiment, de la rage ou de la douleur, l'emportait dans la voix de son ami.

— Je ne sais même plus de qui je viens, ni d'où, continuait Eogan avec véhémence. Qui était vraiment cette femme, ma mère ? Et ce druide qui l'a condamnée à une mort si infâme ?

— Nous avons suivi ce chemin pour te rapprocher de toi-même, lui rappela Fergus, essayant de le calmer. Tu approches, et jamais, à aucun moment, Gwydion n'a dit que ce serait facile.

— De toute façon, il est plus important que tout cela, il faut trouver le glaive de Nuada, le glaive de lumière, celui qui jamais ne doit sortir de son fourreau, et l'arracher à Brion.

— Oui, en espérant que d'ici là, une guerre n'éclatera pas entre les cinq royaumes.

— Tu repenses aux paroles de Meran, n'est-ce pas ? demanda Eogan.

— Oui. Et je comprends sa colère. Il est normal qu'il croie que Brion obéit encore au *ard-ri* Loegaire. Jamais, je n'aurais pensé le Balafré capable d'une telle vengeance ! Il a préparé la mort de Slanga, pris sa place à Tara, tout cela pour en arriver à une guerre entre les royaumes d'Irlande...

— Il faut retrouver le glaive et vite. Meran ne sera pas le seul à croire en la culpabilité de Loegaire, tous les hommes d'Ulster y croiront également, et le feu des vieilles querelles se rallumera.

— Mais là aussi, les paroles de Cetal vont nous entraîner vers ce que ni toi ni moi n'avions prévu. Car après avoir repris le glaive à Brion, si nous y arrivons, Cetal a dit qu'il nous faudra le reconduire vers le lieu des origines...

— Les îles au Nord du Monde, murmura Eogan. Les quatre îles d'où sont venus les Tuatha de Danann, le lieu où ils ont pris connaissance et science.

— Falias, Goirias, Murias et Findias... Quatre îles, quatre villes, quatre druides. De là viennent Lia Fail, la lance de Lug, le glaive de Nuada, le chaudron et la massue du Dagda... Mais jamais personne, ni Gwydion ni aucun autre, ne nous a dit où trouver ces îles, sur quelles mers, lointaines ou proches.

— Nous les trouverons, cela je le vois, mais d'abord — et le visage d'Eogan s'illumina soudain — il nous faudra aller à Alba pour y être initié.

— Alba... répéta Fergus rêveur, en attrapant sa harpe avec délicatesse et en enveloppant les cordes d'un tissu de lin blanc avant de la glisser à nouveau dans son étui de peau de loutre. Alba, c'est là que Gwydion a été initié, lui aussi, après avoir quitté son pays de Cymru.

Eogan s'enroula dans sa cape, et s'allongea sur la litière de feuilles de fougères qu'ils avaient préparée à la hâte.

— De la nuit naîtra le jour, dormons maintenant, dors Fergus ! Ce qui est à venir ne nous épargnera pas, ni nous ni nos montures.

Le Rouge hocha la tête et s'allongea à côté de son ami, fermant les yeux.

66

Profitant de la pleine lune, Oengus avait mené ses compagnons à un train si rapide que leurs destriers donnaient d'évidents signes de fatigue. Arrivant aux berges du Lough Neagh, sur le territoire des Dal Fiatach, il ralentit enfin l'allure, décidant un bivouac non loin de la rive, dans un endroit qu'ombrageaient de grands frênes.

Dans les eaux du lac, un des plus grands d'Irlande, sautaient des anguilles, des dollaghan et des pollan à la chair si délicate qu'on les réservait aux rois. Un feu brûla bientôt sur le sable de la berge, une odeur de poisson grillé monta, puis le silence se fit, et les hommes, la tête sur leur paquetage, s'enroulèrent dans leurs capes.

Incapable de trouver le sommeil, Oengus prit le premier tour de garde, et alla s'asseoir sur un rocher, le regard perdu dans le miroitement de la lune.

Encore une journée de chevauchée comme celle-là, et ils atteindraient la baie de Murlough et la mer. Des falaises là-bas, il s'en souvenait, on voyait les côtes tourmentées d'Écosse.

Il n'était pas revenu depuis longtemps et pourtant, dans une autre vie, c'était de là qu'il était parti en coracle sur la mer, pour son initiation...

Il secoua la tête, mécontent des pensées qui le traversaient. Il fouilla dans les plis de sa tunique, sortant sa courte lame, contemplant les entrelacs complexes qui décoraient sa garde : *« Ullerin, ma belle, mon étoile, que dois-je faire ?* murmura-t-il. *Cela fait trop longtemps déjà que je chevauche aux côtés de cet homme de mort, essayant en vain de l'apaiser et de trouver le chemin qui me ramènera à moi-même... »*

Un poisson argenté sauta hors de l'eau et le cercle qu'il créa en retombant alla en s'élargissant jusqu'à la rive. La lune éclairait le campement de fortune comme en plein jour. Les hommes dormaient, silhouettes noires près du feu où se consumaient les dernières braises. Au loin, un loup hurla et son cri, repris par la meute, résonna longtemps dans les collines environnantes.

Oengus aimait ces moments-là. Pourtant son

humeur s'assombrit quand il repensa à Brion et à Emain Macha.

Pourquoi être parti ainsi de Tara et venir au sanctuaire d'Ulster, après ce détour par l'Ouest et par le Lough Ree ? Un bref sourire illumina cependant le visage sévère d'Oengus au souvenir de Kieran, l'homme qui rêvait d'un arbre de foi.

Sur ordre du Balafré, ils avaient continué à chevaucher vers l'Ouest, avant d'obliquer vers les grandes tourbières de Corlea, puis vers Emain, empruntant le cours des rivières, effaçant leurs traces avec des branchages et voyageant de nuit chaque fois que la lune le permettait.

Plus que jamais Oengus se demandait ce qu'avait fait le Balafré qui nécessitât tant de précautions ? La seule explication était le passage de ce visiteur nocturne à Tara, et cet objet caché qu'il n'avait pas revu depuis. Il avait même fouillé leur tente alors qu'ivre mort, le Balafré dormait à même le sol. En vain.

Leur accrochage à Emain n'augurait rien de bon, Oengus connaissait exactement la limite du pouvoir qu'il exerçait sur le Balafré. Tôt ou tard, le chef des Fianna se lasserait de lui et de ses conseils, et ce jour-là...

Il haussa les épaules, passant la main dans ses épais cheveux bruns, retournant lentement vers les dormeurs, réveillant l'un d'eux et s'allongeant à son tour contre un rocher.

Avant de s'endormir, alors que son initiation lui revenait en mémoire, il dut se répéter qu'il n'était plus qu'un errant. Qu'il avait renoncé à tout enseignement, à toute science. Il s'endormit enfin, Ullerin dans son poing fermé.

67

La plainte des carnyx portait loin. Meuglement sourd, long, se répétant à l'infini, éveillant les échos des collines, faisant hurler les chiens à la mort et hennir les chevaux.

En quittant Emain, ce matin-là, Fergus et Eogan avaient essayé en vain de suivre les traces du Balafré. Mais toute empreinte avait disparu. L'homme avait fait décrire aux Fianna des cercles concentriques autour de la colline sacrée avant de piquer vers la pierraille de la lande. Impossible de savoir, dans ce fouillis d'empreintes, sur ce terrain caillouteux, quelle direction ils avaient prise.

Fergus qui depuis un moment examinait le sol, se releva, faisant un signe découragé à Eogan avant de remonter en selle.

— Je pense qu'en plus, ils ont bandé les sabots de leurs montures. Nous ne les retrouverons pas. Que veux-tu que nous fassions ?

— Puisque tu connais les chants, allons à Ess na Larach. Le temps nous est compté.

À ces derniers mots, les nuages qui, depuis un moment, s'amoncelaient sur la crête des collines, se crevèrent d'un coup. De violentes rafales de pluie les giflèrent, les forçant à se courber sur l'encolure de leurs bêtes.

Fergus égrenant les chants du voyage appris dans son enfance, ces chants où figure chaque arbre et chaque roche, ces chants balisant leurs routes, ils chevauchèrent sans même prendre le temps de manger, se contentant juste de ralentir pour examiner la piste.

Ils croisèrent en chemin un groupe de cavaliers alertés par l'appel lugubre des grandes trompes de bronze, filant vers Emain Macha.

Les hommes, un clan Connaille, s'arrêtèrent un moment en voyant la blancheur de leur tunique sous leurs capes, leur demandant ce qui se passait avant de reprendre leur route à bride abattue vers le sanctuaire.

Bien plus tard, la fatigue nouant leurs membres, les deux amis s'arrêtèrent pour bivouaquer sur les rives du Lough Neagh.

68

— Il y a ici une trace de campement récente. La nuit dernière... Cinq cavaliers, observa Fergus qui avait sauté à terre et examinait les restes calcinés d'un feu dans le sable de la berge.

— Peut-être des Dal Fiatach. Nous sommes sur leurs terres. En tout cas, ce n'est pas le Balafré.

— Non, à moins que pour une raison que nous ignorons, il se soit séparé d'une partie de ses hommes. Ceux-là suivent à peu près la même route que nous. Tu sais, je repense à ces cavaliers Connaille qui rejoignaient Emain Macha, j'entends encore le mugissement des carnyx, et je me dis que la guerre est peut-être déjà en route.

— Peut-être, Fergus. Mais nous ferons tout pour l'empêcher, et pour l'instant, il nous faut aller jusqu'à Ess na Larach.

— Oui, cependant...

— Faisons ce que nous devons, si la guerre doit être, elle sera.

Une fois les selles posées sur la fourche d'un arbre, et les bêtes mises à paître, Eogan fouilla dans sa sacoche et remarqua :

— Il ne nous reste plus guère de provisions.

— Je vais nous attraper un lièvre. Peut-être la petite magicienne voudra-t-elle nous aider, observa Fergus en sortant l'hermine à moitié endormie du creux de sa tunique et en la posant à terre.

Un bref instant, le corps dressé sur ses pattes arrière, l'animal observa ce qui l'entourait, puis fila vers les fourrés.

— Ma sœur... fit Eogan, qui se reprit, Deirdre serait jalouse, si elle voyait à quel point cet animal t'a adopté !

— Je le crois aussi. C'est drôle, je n'ai jamais envisagé que Deirdre ne puisse pas être ta sœur. Elle qui t'adore...

Fergus s'arrêta net. Il revoyait les longues boucles rousses de Deirdre se mêler aux cheveux bruns de son frère, son fin visage tourné vers lui, la façon dont elle se lovait parfois dans ses bras comme une enfant, les yeux emplis d'adoration...

Eogan qui le regardait s'étonna :

— À quoi penses-tu, qui te donne pareille figure ? On dirait que tu as vu une messagère de l'Autre Monde.

— À rien ! protesta Fergus plus violemment qu'il ne l'eût voulu.

Il s'éloigna vers le sous-bois, criant par-dessus son épaule :

— Je vais voir si je nous trouve du gibier.

69

Pendant ce temps, l'escorte de Deirdre arrivait en vue de la colline d'Emain Macha. Les hurlements des carnyx leur avaient donné l'alerte, mais ni la jeune druidesse ni ses hommes ne pouvaient imaginer ce qui les attendait.

De la fumée s'élevait encore de la cime de la colline sacrée et le vent rabattait vers eux l'odeur atroce des bûchers où se consumaient les derniers cadavres.

Les carnyx continuaient à se lamenter et, partout dans la plaine, se rassemblaient des clans. On avait dressé des tentes, on fourbissait les armes et les tambours de guerre résonnaient sans répit. Les guerriers d'Ulster attendaient le retour de leur roi, Collbran au cou rouge.

Deirdre fit signe à ses hommes de s'arrêter un moment. Le capitaine se porta à son côté. Il se nommait Caier, c'était un homme âgé et plein d'expérience, le visage buriné par des années passées au service de Gwydion. Il portait, attachée à la hampe de sa lance, la flamme blanche des druides.

— Que devons-nous faire ? lui demanda-t-elle.

Le capitaine observa tour à tour la colline sacrée et les préparatifs guerriers, prenant son temps pour répondre.

— Je ne crois pas qu'il faille vous exposer, ô druidesse. J'irai seul à Emain. Vous resterez ici sous la protection de mes hommes.

La jeune femme secoua la tête.

— Non, capitaine, je refuse !

— Voyez ! insista Caier en montrant le portail clos du sanctuaire. J'ai souvent accompagné le haut druide ici, et jamais, vous m'entendez, jamais, je n'ai vu ce portail fermé ! Et ces colonnes de fumées, et cette odeur, tout cela ne me dit rien de bon...

— J'entends, capitaine ! J'entends, et je vois ! fit Deirdre, son front lisse se plissant sous l'effet d'une brusque détermination. Mais n'oubliez pas que nous sommes les envoyés du Haut Druide. Je dois rencontrer le druide Cetal au plus vite. Allons !

Sentant à quel point toute discussion était inutile, Caier n'insista pas davantage, levant la main. Les cavaliers s'ébranlèrent, chevauchant jusqu'à l'énorme porte de bois et de métal. Le capitaine sonnant du cor et demandant l'ouverture en son nom et en celui de son maître.

Le portail restait clos, mais, en quelques instants, une troupe de cavaliers les encercla. Ils tournaient autour d'eux, arborant des épées et des lances jusqu'à ce que l'un d'eux, un chef Connaille, se décide enfin à s'approcher de Caier pour l'apostropher :

— Qui êtes-vous, et d'où venez-vous ?

Le vieux soldat allait répondre sèchement, quand Deirdre poussa son cheval jusqu'à ce que son poitrail heurte celui du destrier de l'homme.

— Es-tu aveugle, homme, que tu nous poses cette question ? s'insurgea-t-elle. Pour moi, je reconnais les couleurs d'un chef de clan Connaille, et tu ne t'inclines pas devant celle du haut druide Gwydion ! Annonce à celui qui commande la garde d'Emain Macha que Deirdre, envoyée du Haut-Druide, désire rencontrer le druide Cetal !

L'homme allait répondre, mais il se ravisa, bafouillant quelques excuses avant de donner l'ordre qu'on ouvre le portail.

70

Le matin s'était levé sur Ess na Larach. Jaillissement de cascades. Brume au-dessus de la rivière, iris jaunes, poissons argentés, écrevisses rouges marchant à reculons dans le gravier.

Assis sur un rocher, l'enfant attendait, ses courtes jambes pendant dans le vide. Un cygne blanc se posa non loin de lui sur l'eau d'une mare ombragée par des frênes. L'enfant ne bougeait toujours pas, insensible au brouillard et au vent qui faisaient frissonner le plumage du cygne.

71

Debout sur leurs étriers, les deux cavaliers gravissaient les pentes boisées menant à la cascade. Le Gris en tête avec Fergus, le Noir avec Eogan derrière lui. Ils étaient partis à l'aube, chevauchant jusqu'aux Glens d'Antrim, traversant des tourbières, des landes et des forêts si épaisses que n'y entrait pas la lumière du jour. Le soleil, immense et jaune, glissait lentement vers la mer.

72

Au pied des chutes, sur une roche chauffée par le soleil, l'enfant dormait, replié sur lui-même, la bouche entrouverte, un bras sous la tête.

Le cirque de roches brunes d'où jaillissait une eau transparente et glacée était ombragé par des arbres aux feuilles pâles. L'eau ruisselait sur les pierres plates, se perdait dans des trous d'eau, dévalait le long de rives couvertes de mousses et de fougères, dans des gorges, formant rivière jusqu'à la mer.

Les deux cavaliers s'arrêtèrent pour faire boire leurs montures. Un cygne s'envola dans un grand bruit d'ailes.

— Ess na Larach ! déclara le Rouge en désignant

d'un geste large les cataractes blanches comme pelage d'hermine en hiver.

— Regarde, quelqu'un là-bas ! remarqua Eogan en montrant le petit corps allongé.

— On dirait un enfant, mais il n'y a rien, ni personne à des milles à la ronde. Que fait-il là ? Crois-tu qu'il soit blessé ?

— Laissons nos chevaux ici, et allons voir. Peut-être sait-il, s'il vit dans ces bois, où nous pourrons trouver le druide dont nous a parlé Cetal.

73

Au bruit qu'avait fait le cygne en s'envolant, l'enfant avait entrouvert les yeux et à travers ses paupières mi-closes, fixait les deux hommes qui sautaient de rocher en rocher pour le rejoindre. Insensiblement, ses muscles se contractèrent et il se ramassa sur lui-même.

D'un coup, le vent tourna et le brouillard l'environna. Derrière lui, le grondement de l'eau était devenu assourdissant.

Là-bas un des deux hommes glissa sur une roche luisante. L'autre s'arrêta, attendant son compagnon.

Fergus désigna à Eogan le pied de la cascade, criant pour se faire entendre :

— Je crois que ce n'est pas la peine d'aller plus loin.

— Quoi ?

— Regarde, il n'y a plus personne, notre jeune dormeur a disparu !

— Mais comment ? fit Eogan en examinant le cirque de pierres et les pentes escarpées surplombées de grands arbres. Il n'y a que des roches abruptes et rien sur les côtés où il puisse se dissimuler sans que nous le voyions faire.

— Alors continuons.

Mais une fois sur place, au pied des chutes, rien ne leur indiqua davantage comment avait fait l'enfant. Aucune cachette dans la falaise, pas de grottes, pas de sentes non plus, ni de trace quelconque de son passage. Il s'était volatilisé. Dans les parties ombrées de la cascade, nageaient en rond des poissons argentés, au milieu de roseaux qu'agitait le remous.

Les deux hommes rebroussèrent chemin, regagnant la rive où ils avaient laissé les destriers à l'attache.

— Qu'allons-nous faire maintenant ?

— Un feu, et puis attendre la nuit, répondit Eogan. Profitons de ce répit pour retrouver la mère des eaux.

Après avoir lavé leurs vêtements, s'être rasés, avoir nagé et prié, le corps immergé à demi dans le torrent, les deux hommes s'allongèrent sur les pierres plates, laissant les derniers rayons du soleil réchauffer leurs muscles rompus par ces journées de chevauchée.

Alors qu'ils somnolaient ainsi, une silhouette s'approcha du feu, frôlant, sans qu'ils réagissent, les destriers, avant de s'évanouir aussi vite qu'elle était apparue.

Une épaisse colonne de fumée blanche s'éleva aussitôt vers le ciel.

Le soleil disparaissait derrière la colline, laissant la place aux ombres qui se glissaient sous les arbres, sur l'eau des mares, remontant les berges, finissant par se resserrer autour du feu près duquel les deux amis s'étaient assis.

— Le bois d'ici réagit étrangement, remarqua Eogan, on dirait qu'il est mouillé. Regarde toute cette fumée.

Fergus jeta de nouvelles branches et les volutes se dissipèrent, laissant place à de hautes flammes claires.

Une singulière fatigue envahit le Rouge qui bâilla, et s'étira longuement. La petite magicienne somnolait déjà, nichée dans son paquetage. Eogan s'était allongé, la main sous la tête, le regard perdu dans les flammes. Les paupières de Fergus s'alourdissaient.

Dans la pénombre des fourrés luisaient deux grands yeux jaunes reflétant la clarté des flammes.

— Un loup... marmonna Fergus, la bouche pâteuse, essayant d'attraper sa lame avant de basculer en avant, le nez dans sa cape.

74

L'homme, un vieillard aux cheveux et à la barbe blancs, le visage si doux qu'on l'eût dit lavé par l'eau des rivières, se pencha vers eux.

Il leur parla longuement, leur apprenant les chants

du voyage, leur expliquant la fin de ce temps, le choix des druides, et leur voyage à tous deux vers Alba.

Enfin, ils sentirent la pression de ses doigts sur leurs épaules, et l'autre ordonna :

— Maintenant, levez-vous, il est temps de partir, fit-il. Marchez vers la mer et vous trouverez celui que vous cherchez. Il vous attend, il attend sa fin. Par le feu du ciel...

Les deux jeunes gens s'éveillèrent près du foyer dont les braises noircies ne recelaient plus aucune flamme. Les destriers remuaient à l'attache. Ils se regardèrent avec étonnement. Avaient-ils rêvé ?

Assis en tailleur sur une roche, l'enfant de la cascade les observait, la petite hermine juchée sur son épaule.

— Votre sommeil a été bon ? demanda-t-il d'une voix trop grave pour sortir d'une jeune gorge.

Mais à y bien regarder, songea Fergus, rien n'allait avec la silhouette qu'ils avaient aperçue de loin, ni les bras dont les muscles saillaient sous le tissu de la tunique, ni les jambes légèrement torses, ni surtout ce visage aux rides légères, ces rares cheveux blancs dans cette tignasse noire. Celui qui leur parlait avec cet air moqueur n'était pas un enfant, mais un petit homme, si petit que jamais le Rouge n'en avait vu de pareil, un nain...

— Où est le druide qui nous a enseignés ? demanda Eogan qui s'était redressé à son tour.

L'autre sourit, mais ne répondit pas. Fergus fit mine de se lever, mais le nain secoua la tête.

— Restez encore assis un moment, ordonna-t-il, ou vous tomberez !

— Que voulez-vous dire... commença Eogan en essayant à son tour de se mettre sur ses jambes, et en se rasseyant brusquement.

Le ciel se mêlant à la terre, ses bras même lui refusant tout service.

— Qui êtes-vous ? Où est le druide ? reprit-il.

— Il est ici et continue à vous parler.

— Vous voulez dire que c'était vous...

— Je dis ce qui est, coupa le nain. Vous m'avez simplement vu tous deux ainsi que vous désiriez me voir. Mais nous n'avons guère de temps à perdre. Vous rappelez-vous ce que je vous ai dit du sanctuaire de Dun Ailinne, en royaume de Leinster ? Là, comme à Emain Macha, est le plus important. Ce que tous deux, ne devez pas oublier.

Les deux amis hochèrent gravement la tête. Ils se souvenaient des paroles de l'homme, de toutes ces terribles et fatales paroles.

Eogan répéta d'une voix que l'émotion troublait :

— Dunn Ailinne, enterré comme le temple de la Roue Ramante, à Emain Macha.

— Et bien d'autres suivront, bien que le temps nous soit compté, déclara gravement le petit homme. Nos temples doivent tous être enfouis.

— Mais pourquoi disparaître ? Pourquoi ne pas combattre ce qui vient ?

— Ce qui vient ne vient pas dans la guerre, Fergus. D'ailleurs, bien des druides choisiront cette voie-là, et l'ont même déjà choisie. Notre réponse, à nous autres, ne peut être que la paix. Nous avons décidé de nous retirer du monde. Druides et filids, poètes et musiciens, seront invisibles.

— Il en sera fait comme les Anciens l'ont décidé, répondit Eogan. Les herbes folles recouvriront nos pierres sacrées et les tombes des nôtres.

Désarçonné par tout cela, Fergus passa sa main sur son visage, étonné d'y trouver une barbe naissante.

— Mais depuis combien de temps sommes-nous ici ? s'écria-t-il. Depuis combien de temps dormons-nous ?

— Depuis trois nuits, répondit tranquillement le druide.

— Trois nuits, mais nous ne rattraperons jamais le Balafré ! gronda Eogan.

Un sinistre sourire passa sur le visage du nain.

— Qu'est-ce que le temps ? Celui que vous cherchez ne vous échappera pas, mais surtout n'échappera pas à ce qui le poursuit. Quant à vous deux, je n'avais pas assez de ces trois nuits pour vous enseigner. La langue sacrée est longue à déployer ses ailes.

Le petit homme se leva, tendant son bras vers le sol, pour que l'hermine en descende.

— Partez maintenant !

— Quel est votre nom ? insista cependant Eogan.

— Mon nom est Forsui.

— « Très grand sage », murmura Eogan en s'inclinant.

Fergus fit de même, se courbant très bas devant celui qui les avait enseignés. Ils sentirent un souffle tiède les envelopper. Puis une voix murmura tout contre l'oreille d'Eogan :

— Celle qui crie sous ton crâne est une femme au regard noir pailleté, grande et longue chevelure d'or, dents de neige, joues de corail. Ne cherche pas vengeance, ô fils d'apprentissage. C'est une femme autour de laquelle, il y a eu trop de massacres. Les champions se sont querellés. Des hommes se sont exilés. Une femme du destin. Bien des meurtres ont eu lieu, il ne faut plus qu'à cause d'elle coule encore le sang des hommes...

— Quel est celui qui l'a tué ? Je dois le savoir.

Eogan n'avait pas même l'impression d'avoir prononcé ces mots, comme si tout résonnait dans sa tête, questions et réponses, sans que bougent ses lèvres.

— Pour donner la mort à ton tour ? rétorqua la voix de l'autre. Tu fais fausse route, Eogan. Tu t'égares, tu ne sais rien de ce qui s'est passé et déjà, tu ne songes qu'à verser le sang.

— Pourquoi alors ne pas m'enseigner ce qui a été ?

— Non, il est trop tôt, tu n'es pas assez fort. Quand tu seras druide enfin, tu connaîtras la vérité.

— Je veux savoir quel est celui qui l'a conduite à la mort ? Ne pouvez-vous au moins me dire cela ?

— Crois-tu en ma parole, Eogan ?

— Oui, jeta le jeune homme.

— Celui que tu cherches n'est en rien coupable. Bien au contraire. Il n'a fait qu'exécuter, sache-le, ce que tous, nous avions décidé. Ta mère devait mourir.

— Vous aviez décidé... Une plainte s'échappa des lèvres du jeune homme.

— Un jugement, oui, Gwydion, Cetal, moi-même... Elle a été jugée et tous nous avons choisi la mort. Veux-tu donc maintenant, nous tuer tous ? Enfoncer ton arme dans le cœur de ceux qui t'ont enseigné ?

Eogan se laissa lourdement tomber à genoux. Trop de choses tournaient dans sa tête, il imaginait sa mère devant ses juges, Gwydion, le haut druide levant la main pour la condamnation. L'angoisse faisait trembler ses mains, un nœud de douleur lui serrait le ventre et la gorge.

— Mais pourquoi ? Qu'avait-elle fait ? souffla-t-il.

— N'oublie jamais que tu dois devenir druide, Eogan, ou tu te perdras.

— Où est celui qui l'a tué ? Savez-vous où il est ?

— Tes pas croiseront les siens dans le pays d'Alba.

La voix se tut. Le souffle du vent se dissipa.

Quand ils relevèrent la tête, ils étaient seuls, et l'hermine, dressée sur ses pattes, les fixait de ses minuscules yeux noirs.

Chapitre 8

« Et toi, ô mon aîné de qui es-tu le fils ?

— Je suis l'homme qui a été et qui n'est pas né,
Qui a été enseveli dans le sein de sa mère,
Qui a été baptisé après sa mort,
Qui a été lié à la mort dès sa première apparence,
Qui est la première parole de tout être vivant,
Le cri de tout être mort,
Le A dont le nom est très élevé. »

Imacallam in da Thuaraid
Le dialogue des deux sages.
Traduction Christian-J. Guyonvarc'h

75

Oengus se pencha et cueillit la petite orchidée jaune tilleul, la portant à ses lèvres avant de la glisser dans la fibule qui retenait sa cape. Le vent s'était calmé et des papillons aux ailes mouchetées envahissaient le promontoire. Quatre jours déjà qu'ils étaient là, et qu'ils attendaient l'arrivée du Balafré.

L'ancien druide s'avança jusqu'à l'extrême bord de la falaise, le regard perdu dans les hautes vagues qui se brisaient sur les écueils en contrebas. L'endroit était désolé, battu par les vents et les embruns, le sol hérissé de rochers, détrempé par les pluies.

Au loin, il apercevait les côtes tourmentées d'Alba et le Mull of Kintyre.

Il se rappela une phrase que les guerriers disaient dans le clan des Ui Neill du Nord en parlant de ces lieux où seul battait le cœur des pierres : *« Pas un arbre pour pendre un homme, pas assez d'eau pour le noyer, pas de terre pour l'enterrer. »* Et il était vrai qu'ici, la mer d'Irlande était l'unique moyen de disparaître.

Oengus fit demi-tour, retournant lentement vers son destrier, qui attaché à une souche morte, hennit joyeusement en le voyant. Il lui flatta le flanc, puis effleura les naseaux soyeux avant de murmurer à son oreille :

— Fandall, mon hirondelle, tu veux galoper, n'est-ce pas ? Moi aussi, et je me demande souvent si nous ne devrions pas partir tous deux vers Cashel. Je connais au moins un ami là-bas, qui aurait plaisir à nous revoir.

Depuis qu'il s'était séparé du Balafré, l'ancien druide était tourmenté par des rêves de mort. Il voyait la destruction de Tara et des lieux sacrés d'Irlande, d'Alba et du pays de Galles. Même la lointaine Armorique, où jamais il n'était allé, n'échappait pas à la fin.

Il se réveillait tous les matins, le corps trempé, repoussant ces songes dont, avant, il aurait fait son pain et son sel.

Il se répétait de plus en plus souvent qu'il n'était qu'un errant, un Fianna, qu'il n'était plus un druide. Que pouvait lui faire la fin d'un monde auquel il avait renoncé ?

Et pourtant... Il se demandait si le Balafré et lui-même n'étaient pas les instruments de cette agonie.

La vision du sanctuaire d'Ulster lui revenait. Dans une autre vie, il avait connu et apprécié Cetal, le grand druide d'Emain Macha, il s'était baigné dans le Loughnashade avec lui. Il avait écouté les augures dans le temple de la Roue Ramante, jeté les bois... Que lui arrivait-il ? Ne pouvait-il bannir ces pensées ?

Le cheval hennit, poussant son maître du museau.

Oengus émergea de ses rêveries, et sautant en selle,

émit un simple claquement de langue pour lui faire prendre le trot.

La sente sinuait sur le plateau rocheux, puis dans un petit bois, avant de plonger vers les longues grèves dorées de la baie de Murlough. Des dizaines de lièvres à pattes blanches détalaient devant eux.

Le bois de bouleaux et de sorbiers emplis de nuées d'oiseaux venait mourir sur le rivage. Des roches verdies, que la mer recouvrait aux grandes marées, s'enfonçaient dans le sable.

Sur la grève, s'ébattaient des troupeaux de phoques gris.

À peine arrivé sur la plage, d'un nouveau claquement de langue, Oengus lança son cheval au galop. Il se courba sur l'encolure, le vent faisant voler ses longs cheveux noirs et sa cape. Enfin, après une course effrénée, l'homme et la bête ralentirent leur allure, faisant demi-tour pour revenir au pas.

Les phoques avaient rejoint les vagues. Des mouettes tournoyaient dans le ciel clair. Oengus dépassa la sente par où il était venu, poursuivant son chemin jusqu'à un amas de gigantesques squelettes disloqués par les grandes marées. Un cimetière de baleines, un lieu où elles venaient s'échouer depuis des centaines d'années, sans que rien ni personne n'en sache la raison. Un lieu singulier que seuls les mouettes et les corbeaux osaient approcher, se perchant en criaillant sur les restes des grands souffleurs.

Envahi par l'intense mélancolie du lieu, l'ancien druide contourna les immenses squelettes blanchis, au pas de son destrier, observant les mâchoires à fanons, les vertèbres encore soudées par des cartilages desséchés.

Se laissant glisser à terre, il entraîna Fandall vers la lisière des arbres, dans un recoin moussu, où poussait une herbe tendre.

Là, assis sur une souche, les yeux fixés sur le cimetière marin, il se laissa à nouveau aller à de sombres pensées. Un geai lui donna l'alerte. Délaissant l'herbe fraîche, Fandall avait relevé la tête. Les oiseaux s'envolaient des sorbiers.

Le bruit s'était amplifié et se rapprochait. Des sabots sur la pierre du chemin tout proche. Il se leva, tirant sa monture plus avant sous le couvert des arbres.

76

Sur un ordre sec lancé par le Balafré, les Fianna envahirent la plage d'un coup, se rangeant sur deux lignes, face à la grève.

Guerriers aux visages sombres surmontés de casques de fer coniques, corps bardés d'épées, de lances et d'arcs, boucliers ovales fixés au troussequin de leurs selles, les Fianna attendaient sans broncher. Le vent faisant voler leurs capes de laine noire.

Brion, qui tenait l'étendard écarlate, fouilla du regard la plage déserte et la lisière des bois. Enfin, il fit signe à l'un de ses lieutenants de sonner du cor par trois fois.

Rien ne se produisit.

La plupart des animaux avaient fui à l'approche des cavaliers. Nul autre signe de vie que les phoques jouant dans les lames, et poussant de sourds mugissements.

L'homme au casque de corbeau jura bruyamment, blessant les flancs de sa monture d'un coup d'éperon rageur, qui la fit hennir de douleur.

— Par le chien de Culann, où est-il ? tonna Brion. Ne lui ai-je point dit de m'attendre ici avec ses hommes. Sonne encore, toi !

Le Fianna s'empressa d'obéir. Le silence retomba bientôt brisé par l'écho lointain d'un autre cor, loin dans la forêt.

Ils attendirent, mais le bruit ne se répéta pas, et aucun de leurs compagnons n'apparut.

Derrière le Balafré, les hommes commençaient à murmurer, les chevaux s'agitaient nerveusement.

— Silence vous autres ! tonna le Balafré. Silence ! Sonne encore ! C'est le cor d'Oengus qui a répondu, je le reconnais. Je le reconnaîtrais entre mille !

Une nouvelle fois l'écho retentit, tout proche, si proche même que les hommes sursautèrent, s'entreregardant, persuadés que l'un d'entre eux avait sonné.

Pourtant nulle silhouette humaine dans le bois voisin, ni sur la plage. Quelques oiseaux étaient revenus se percher sur les sorbiers et fixaient de leurs petits yeux noirs l'agitation des soldats en dessous d'eux.

Brion avait beau regarder les ombres qui s'allongeaient sous les arbres, il n'apercevait toujours pas l'ancien druide.

— Mais où est-il ? s'exclama-t-il.

— Peut-être n'est-ce pas lui qui a sonné ? suggéra un des lieutenants.

— Je te dis que j'ai reconnu son cor. Il suffit, taisez-vous tous ! Sonne encore, toi !

À quelques pas d'eux, les orbites creuses des monstres marins semblaient les fixer. Les mâchoires béantes étaient assez grandes pour les engloutir tous.

Un nouvel écho répondit, tout proche. Hommes et chevaux refluèrent. Seul le Balafré n'avait pas bougé, la mâchoire crispée, les poings serrés sur sa lance.

— Qui que tu sois, montre-toi ! hurla-t-il d'une voix forte.

— Avec plaisir, Brion ! Tu as été bien long, et j'avoue que je m'apprêtais à partir.

Et Oengus surgit soudain de derrière un des squelettes, sans qu'aucun puisse vraiment dire d'où il était venu. Il n'était pas là, Brion l'aurait juré, quand ils étaient arrivés sur la grève, et puis le premier appel était venu de la forêt, non de la plage...

— Encore un de tes tours ! s'exclama-t-il avec mauvaise humeur

— Oh non, le Balafré, je ne suis qu'un Fianna comme toi, répondit Oengus avec un singulier sourire. Venez, les hommes nous attendent, ils ont chassé et pêché de quoi fêter votre venue à tous !

Sur ces mots, l'ancien druide siffla, et Fandall

débouchait au trot du petit bois, venant droit à son maître qui sauta en selle avec souplesse.

77

La petite troupe était remontée sur le plateau rocheux et, guidée par Oengus, avait chevauché jusqu'à un lac cerné de bouleaux blancs, d'aulnes et d'ajoncs.

— Voilà où nous nous sommes établis, fit l'ancien druide en désignant le crannog abandonné où il avait conduit ses hommes quelques jours plus tôt.

Au milieu du lac na Cranagh, sur des plates-formes de bois soutenues par des pilotis d'aulnes, se dressaient une vingtaine de maisons, dont la moitié étaient en ruine. Des nappes de brume légère flottaient à la surface de l'eau. Des roseaux ondulaient dans la vase des rives.

D'étroites colonnes de fumée blanche montaient des toitures. Un cor signala leur présence. Sur les pontons, des hommes s'agitèrent, faisant coulisser une passerelle vers la terre ferme.

— Bon endroit ! approuva Brion d'un signe de tête. Il n'y avait plus d'habitants ?

— Non, juste un vieillard et un enfant muet d'une dizaine d'années, qui nous ont fourni le lait de leurs chèvres et quelques œufs. Le vieux nous a expliqué que tous les hommes valides avaient péri en mer dans le tourbillon au large du cap Rue, près de l'île Rathlin.

Les autres, des femmes et quelques vieillards sont morts un à un. Il est le seul survivant avec ce gosse.

— Les pilotis du crannog sont en assez bon état pour nous recevoir tous ?

— Oui, l'aulne n'a pas bougé, et la passerelle devrait supporter les chevaux, à condition que nous marchions en file les uns derrière les autres.

— Bien, allons-y !

Le Balafré rugit quelques ordres, puis il leva la main et la petite troupe se remit en branle, le chef des Fianna en tête, Oengus derrière lui, portant l'étendard écarlate rayé de noir.

78

La nuit était tombée. La passerelle avait été retirée. Brion s'était installé dans la maison que leur avait réservée Oengus. Sur la pierre du foyer, trois lièvres rapportés par les chasseurs, achevaient de rôtir. Une bonne odeur emplissait la masure, dont la toiture laissait entrevoir les étoiles. Il n'avait pas plu depuis la veille et, sur ce lac venteux, si proche de la mer, les nuits étaient aussi froides qu'en hiver.

Un hibou passa en soufflant. Dehors, allaient et venaient les guetteurs.

Oengus graissait une de ses lames, tout en observant le Balafré qui s'était assis face aux flammes. Ils n'avaient pas échangé trois mots depuis qu'ils étaient entrés.

On frappa à la porte et le vieillard entra, suivi par l'enfant muet. Ils s'arrêtèrent tous deux sur le pas de la porte, observant non sans inquiétude la silhouette sinistre du Balafré, les jambes allongées devant le feu. Le gamin, pieds nus, habillé d'une maigre tunique de toile, se glissa aussitôt derrière le vieillard, s'agrippant des deux mains à son vêtement.

— Entre, entre ! fit Oengus. Je ne t'ai pas appelé. Que veux-tu ?

— Comme vous l'avez demandé ce matin, sire Fianna, le petit et moi, on vous a fait une galette, répondit le vieux en s'avançant d'un pas et en lui tendant un panier recouvert d'un chiffon sale. L'est toute chaude, mon sire.

— Eh bien, vous deux, vous n'avez donc point la conscience tranquille que vous n'osiez même venir me saluer ? tonna soudain le Balafré en se tournant vers les nouveaux arrivants.

Avec sa profonde balafre, sa narine entaillée et ses lèvres fendues, il avait une figure monstrueuse qu'accentuait encore le jeu des ombres et des flammes.

À sa vue, l'enfant enfouit aussitôt son visage dans les replis de la tunique du vieil homme. Celui-ci, le garçon toujours accroché à lui, se força à approcher, s'inclinant très bas devant le chef des Fianna.

— On voulait pas vous déranger, mon sire. On voulait juste pas vous déranger, marmonna-t-il.

— Voilà qui est mieux, fit celui-ci. Il paraît que vous êtes seuls ici ? Tous les autres ont été pris par la mer ?

— Oui, messire Fianna.

— Dis au gamin de s'avancer, que je le voie mieux.

— Il est craintif, messire, plaida le vieux. Il a déjà vu les messagères du Sid et il est revenu pas vraiment comme avant. L'est un peu simple.

— Et moi, je te dis de le faire s'avancer ! s'énerva Brion qui avait horreur qu'on lui tienne tête.

— Bien, bien, fit le vieux en essayant de détacher les doigts crispés sur sa tunique. Ned, va, lâche-moi. Le messire ne te veut point de mal, juste te voir de plus près.

Effrayé, l'enfant secouait la tête, poussant des gémissements rauques et inarticulés, plus proches de l'animal que de l'homme.

Sentant qu'il fallait mieux intervenir, Oengus se leva, attrapant le garçon par la main et l'entraînant, malgré lui, vers le Balafré.

— Je t'ai dit qu'il était muet, Brion ! s'exclama-t-il. Est-ce donc là le genre d'homme que tu veux recruter ? Il manque un peu de carrure, tu ne crois pas ?

Malgré la main d'Oengus qui le soulevait à moitié, l'enfant se tassait sur lui-même, un tremblement agitant ses genoux cagneux, un grincement de dents sortant de sa bouche tordue. Ses longs cheveux sales, et emmêlés cachaient son visage, dont on n'apercevait qu'un petit menton pointu et noirci par la crasse.

— Dis-lui d'arrêter de grincer des dents ! tonna le Balafré.

— La meilleure façon qu'il s'arrête, c'est de le laisser filer ! Il est mort de peur ! s'exclama Oengus en poussant le gamin vers la porte et en le jetant dehors. Voilà ! Et toi le vieux, merci pour ta galette, tu peux t'en aller aussi.

— Non ! Je n'ai pas dit qu'il pouvait partir, celui-là. Viens le vieux, approche !

Oengus soupira. Qu'avait donc en tête le Balafré et comment pourrait-il détourner son attention de ce vieillard pitoyable ?

— Je ne sais pas toi, mais moi, j'ai faim, remarqua-t-il d'un air détaché. Les lièvres sont à point, et j'ai même encore un peu de ce vin herbé que tu goûtes tant, dans ma gourde.

— Attends ! fit Brion en levant la main. J'ai ordonné au vieux de s'approcher. Tu as entendu, le vieux ?

Le vieillard obéit. Il avait un visage ridé comme une vieille pomme oubliée sur un arbre en hiver. De rares cheveux blancs. Des yeux larmoyants, d'une couleur délavée, indéfinissable, et plus guère de dents pour manger.

Il avala sa salive avec difficulté, croisant et décroisant ses doigts maigres, essayant de soutenir le regard terrible du chef des Fianna.

— Tu sais qui nous sommes, le vieux ?

— Oui, enfin non... Pas vraiment... bafouilla le vieux, des guerriers Fianna.

— Des seigneurs Fianna ! Répète, des seigneurs Fianna ! gronda le Balafré.

— Des seigneurs Fianna, messire. C'est ce que je voulais dire.

— Si on t'interroge, qu'est-ce que tu diras ?

— Pardon, messire... Je ne comprends pas bien ce que vous me demandez.

— Si des gens viennent t'interroger ici, dans ton crannog, s'énerva Brion. Qui diras-tu que tu as vu, le vieux ?

— Des seigneurs Fianna, messire, des seigneurs Fianna ! répondit l'autre avec empressement, heureux d'avoir compris ce que l'autre attendait de lui.

— Et moi ? Comment me décriras-tu ?

— Euh...

— Allez, allez, dépêche-toi ! fit Brion en tapant du poing contre la cloison.

— Un... Grand seigneur... proposa le vieillard, hésitant sur les mots.

— Tu ne vois donc pas la balafre qui me traverse le visage ? s'exclama le chef des Fianna. Tu es donc aveugle ? Crois-tu que je ne sois point fier de porter pareille marque de vaillance sur ma face ?

— Euh si, messire, bien sûr, marmonna le vieux, de plus en plus mal à l'aise.

— Alors que diras-tu ?

— Un... Un grand seigneur Fianna avec une balafre en travers du visage.

— Et nos couleurs ?

— Vos ?

— Oui, de quelle couleur est notre étendard ?

Le vieux regarda la lance porte-étendard et dit d'un coup, très vite :

— De celle du sang, seigneur, de celle du sang et de la nuit.

— Ah voilà qui est mieux. Bon, laisse-nous maintenant !

Une fois le vieux sorti, et la porte refermée, Oengus se tourna vers Brion :

— Qu'est-ce qui t'a pris ?

— Rien, je voulais être sûr que ce vieux se souviendrait bien de moi, fit l'autre en partant d'un grand rire.

— Se souvienne de toi, je ne vois pas en quoi... remarqua l'ancien druide.

— Alors laisse, tu verras bien assez tôt, le coupa le Balafré, et sers-moi plutôt un morceau de ce lièvre, j'ai faim, moi aussi ! Et du vin, tu m'as dit qu'il te restait du vin ? Tu ne t'es pas trop ennuyé de ma compagnie ces derniers jours ? Pour moi, Oengus, je dois reconnaître que tu m'as presque manqué, il faut dire que les autres ne sont que des soldats et qu'ils me craignent, alors que toi...

Oengus fixait le chef des Fianna, se demandant où il voulait en venir. Mais déjà, dans un grand et sinistre éclat de rire, Brion achevait :

— Toi, tu sais faire le vin herbé ! Allez donne !

79

Ils avaient mangé et bu, surtout bu. Oengus servant sans compter au chef des Fianna la boisson herbée. Un vin qu'il fabriquait lui-même et dont la plus précieuse qualité était de procurer un sommeil sans rêve et l'oubli des douleurs.

D'un coup, sans crier gare, le Balafré s'endormit sur la litière que lui avait préparée son lieutenant.

L'ancien druide se cala près du foyer, les yeux fixés sur le feu, heureux de ce moment de répit, de cette trêve avant ce qui serait la guerre entre Brion et lui.

Il ferma à demi les yeux, jouant avec l'éclat des flammes entre ses paupières mi-closes, se revoyant druide, disposant les branches d'un bûcher de sorbier en trois côtés et trois angles, mais avec sept portes. Un feu puissant, presque autant que les averses incandescentes lancées par le druide Figol contre l'armée des Fomoire !

80

Le matin était venu. Le Balafré s'était levé, éructant et rotant bruyamment, attrapant un reste de lièvre qu'il avala, recrachant les esquilles d'os sur la pierre du foyer.

Oengus rentrait, détachant la fibule qui retenait sa cape, posant sa lance contre le mur. Il avait marché vers le promontoire, puis s'était baigné dans l'eau glacée du lac, avant de nouer d'un lacet de cuir ses épais cheveux bruns et de rentrer au crannog.

Dehors, les guerriers allaient et venaient, les guetteurs se relayaient. Des Fianna rentraient, portant des carcasses de daims et de lièvres attachées aux bois de leurs javelots.

— Tu es bien silencieux, Brion, remarqua l'ancien druide au bout d'un moment.

— Sans doute parce qu'il n'est pas nécessaire de parler, rétorqua l'autre dont les traits depuis ces derniers jours, s'étaient encore creusés.

— Peut-être pour les autres, mais rappelle-toi ta promesse. Je t'ai donné ces quatre jours et cette nuit encore. Maintenant, il est temps.

— Je n'ai pas oublié.

Oengus alla aux sacoches qu'il avait déposées dans un angle de la salle, revenant avec une outre remplie d'hydromel dont il versa une large rasade à Brion.

— Je t'écoute, fit-il en s'asseyant sur un tabouret en face du chef des Fianna.

De grands cernes violacés soulignaient le regard vide de Brion. « Des puits sans fond, morts et glacés », songea Oengus.

— Pourquoi te faut-il vraiment savoir, Oengus ? demanda le Balafré — et il y avait dans sa voix quelque chose comme du regret. Ne peux-tu simplement m'obéir comme tous les autres ?

— Les autres savent qui tu es, et te craignent, Brion. Je sais ce que tu as été et ce que tu seras... Et je ne te crains pas !

— Tu dis, Oengus, n'être plus qu'un Fianna, un errant parmi les errants, et pourtant... Tu n'es rien de tout cela.

— J'ai combattu à tes côtés.

— Oh oui, et je reconnais que tu es vaillant, tout comme Cathbad et bien d'autres druides l'ont été avant toi. Le sang et la douleur sont tes pairs. Tu n'as nulle peur, au contraire. Mais jamais, tu entends, jamais tu n'es devenu l'un des miens !

— C'est vrai, mais je ne suis pas, pour autant, resté un druide, protesta Oengus qui reconnaissait pourtant une certaine justesse dans les paroles du Balafré.

— C'est ce que tu dis, et sans doute, le penses-tu, mais tu es druide et je n'en connais aucun qui ait cessé de l'être, même une lame en travers du corps !

Le Balafré s'était tu, revoyant en pensée le singulier sourire de Cetal alors qu'il lui enfonçait son épée dans le corps. Il s'était enfui sans achever le vieil homme, incapable de soutenir davantage son regard.

— Où veux-tu en venir, Brion ?

— Je vais te dire ce qui est, fit l'autre, mais si tu ne trouves plus le repos, tu ne devras t'en prendre qu'à toi-même.

— Le repos ! Quel singulier mot dans la bouche d'un homme que visitent chaque nuit les messagères du Sid ! Le repos, il y a bien longtemps que, tout comme toi, je ne le connais plus.

Le Balafré se leva brusquement, marchant de long en large dans la petite pièce, ses pas résonnant sur le bois mince du plancher.

— Cetal ! Comme tant d'autres parmi les tiens, tu étais lié au druide Cetal ? beugla-t-il soudain. Peut-être même a-t-il fait ton initiation, n'est-ce pas ? De toute façon, que ce soit par le geste ou la langue, vous êtes tous liés.

— Ceci ne te regarde pas, Brion.

— Ce qui me regarde davantage, c'est qu'il est mort, cloué à son siège par le fer de mon épée !

81

Un lourd silence avait suivi la déclaration du Balafré. Oengus n'avait rien dit, accusant le coup sans broncher. Il n'avait pas même cillé, réalisant soudain qu'il savait tout cela, et que ses rêves étaient prédictions. Annonces d'une fin qu'il ne pouvait envisager sans qu'une douleur sourde ne lui morde le ventre.

— J'ai détruit Emain Macha, poursuivait le Balafré. Passé druides et druidesses par le fer et le feu, décapité les gardes et fait un cairn de leurs têtes, brûlé le palais de Collbran au cou rouge, les temples, les maisons, égorgé le bétail et tranché les jarrets des chevaux, incendié granges et récoltes... Tu vois, je tiens promesse, je te dis tout. Mais je peux te dire plus encore et te montrer comment toi, Oengus, l'ancien druide, tu t'es fait mon complice pour détruire les cinq royaumes d'Irlande.

— Continue !

Les seules marques du trouble d'Oengus étaient la pâleur qui envahissait son visage et cette lueur d'incendie qui couvait soudain dans ses yeux. Comme celles d'un chat, ses pupilles s'étaient dilatées. Tout son être était tendu vers ce qui allait venir, car il était sûr maintenant que Brion allait lui annoncer quelque chose de plus terrible encore.

— Alors revenons à notre dernière soirée à Tara, Oengus, poursuivit l'autre en s'arrêtant devant lui et en plongeant son regard dans le sien. J'ai corrompu un jeune apprenti-druide dont je tenais la famille par le sang, trop faible pour être guerrier, trop faible aussi pour être un vrai druide. Tu sais, celui-là même que tu prenais pour l'envoyé d'un roi. Il a volé pour moi le glaive de lumière.

— Tu as osé...

— Oh, fit le Balafré en levant la main en signe de protestation, je l'ai aussitôt puni de ce sacrilège. Un de mes hommes l'a étranglé et a fait disparaître son corps, alors qu'il venait tout juste de quitter notre campement. Et puis, cet imbécile aurait pu changer d'avis et donner l'alarme. Tu ne dis plus rien ?

— Non.

— Alors je continue. Il faut que tu saches que cet homme a laissé sur mon ordre des indices prouvant que les Ulaid étaient les coupables de ce vol. De même que j'ai laissé à Emain ma lame plantée dans le corps de Cetal. Une lame au service du *ard-ri* Loegaire. Ulaid contre Ui Neill, voilà qui nous promet de belles batailles. Qu'en penses-tu ?

— La guerre entre les cinq royaumes, fit Oengus dont la voix n'était plus qu'un murmure.

— Une guerre sans roi, puisque le glaive est mien. Que penser d'un Haut Roi qui perd ce que les dieux lui ont confié ?

— Où est l'épée de Nuada ?
— Cela tu ne le sauras pas.
— Je le saurai, Brion, car tu vas me le dire.

La voix d'Oengus avait changé d'un coup. Quelque chose dans son attitude aussi. Il s'était levé et sa stature parut plus grande, plus large aussi. Son ombre, sur le mur, s'agrandissant démesurément.

— Nul ne doit sortir cette lame de son fourreau ! tonna-t-il.

— Je sais ! grommela Brion que la métamorphose de son lieutenant paralysait. Je ne l'ai pas touchée. Je sais.

— Tu ne sais rien, le Balafré !

— Est-ce qu'enfin, je t'ai touché au vif ? protesta Brion en secouant la léthargie qui l'envahissait.

Il marcha vers la porte où il avait posé ses armes, avec l'impression de soulever un chargement de pierres sur les épaules.

— Est-ce que je t'ai touché toi que rien ne touche et qui toujours me nargues. Toi qui te veux Fianna et qui, devant moi, redeviens druide ! Laisse-moi au moins prendre mes armes ! hurla-t-il avec rage en se laissant tomber à genoux.

À ces mots, l'ombre s'évanouit de la cloison de bois, et Brion sentit l'engourdissement qui le liait, se dissiper d'un coup.

Il se releva d'un bond, faisant face à son ancien lieutenant.

— Je ne crois pas que tu puisses te vanter longtemps de m'avoir touché, Brion, rétorqua celui-ci. Je reprendrai le glaive de Nuada sur ton cadavre et le rapporterai au *ard-ri*, à Tara. La guerre ne doit pas éclater entre les cinq royaumes.

— Il est trop tard, Oengus ! Tu ne comprends pas que tu ne peux arrêter ce qui est en marche !

— Non.

Les doigts d'Oengus s'étaient refermés sur le manche d'Ullerin.

— Laisse ta lame ! gronda Brion que l'imperceptible mouvement de son adversaire avait alerté. Si tu veux te battre, pour une fois, il te faudra prendre l'épée et laisser tes incantations. Il faudra m'affronter en guerrier, en Fianna, puisque c'est ainsi que tu te nommes toi-même !

Oengus hésita, puis sa main retomba. La lame se planta en vibrant dans la porte à laquelle le Balafré s'était adossé.

— J'accepte, fit-il.

82

Les vagues avaient déjà submergé la moitié du rivage. Une brume épaisse rampait à la lisière des eaux, étouffant les exclamations des combattants et le choc des fers.

Ils se battaient depuis le matin, sans s'arrêter, chancelant, tombant parfois, mais toujours se rejetant l'un vers l'autre, hurlant des imprécations.

Le soleil se couchait, jetant ses derniers feux sur leurs silhouettes au centre du cercle de sable.

Un cercle tracé avec la lance de Brion, un cercle dans lequel ils avaient pénétré et s'étaient salués.

Il n'y aurait pas de survivant, et si l'un d'eux essayait d'échapper à son sort, il serait sacrifié par les guerriers Fianna, immobiles et silencieux, debout à la lisière du bois.

Dans les rochers, à l'abri de la marée montante, brûlait un grand feu.

Torse nu tous deux, les hommes se battaient au glaive. Des épées courtes et larges, à la lame aiguisée. Malgré le froid qui montait de la mer, la sueur ruisselait sur leurs torses et leurs dos. De multiples entailles les marquaient déjà. Le sang barbouillait leurs mains et leurs visages dans lesquels brillait la flamme enragée de leurs prunelles.

83

Au début, pensant déséquilibrer son adversaire, le Balafré s'était élancé sur lui avec fureur, allant au contact, mais Oengus l'avait évité. Et depuis, l'ancien druide tournait autour du géant, dansant presque, lui assenant de temps à autre des coups d'une rare violence, mais la plupart du temps se contentant de l'épuiser comme un cavalier, un étalon sauvage.

Le Balafré s'immobilisa, se campant sur ses larges cuisses écartées. Il soufflait avec force, mais ses réflexes étaient toujours aussi bons.

— Arrête de bouger ainsi ! Approche un peu, viens ! le défia-t-il avec colère.

Mais Oengus garda ses distances. Il connaissait la puissance du géant en combat.

Il l'avait déjà vu briser de ses mains les jambes d'un guerrier ennemi, broyer le crâne d'un autre, fendre en deux d'un seul coup de sa hache un cheval avec son cavalier.

Il devait tenir !

84

Le petit matin surprit les Fianna. Le soleil allumait des reflets sur la mer. Quelques guerriers s'étaient endormis. Les autres regardaient, fascinés, les deux combattants toujours debout.

Leurs gestes étaient plus lents, presque sensuels.

Ils se frôlaient, les glaives se levaient et retombaient avec régularité. Sous leurs pieds, le sable était brunâtre de sang versé.

Une vilaine balafre entaillait la poitrine d'Oengus, une toute aussi profonde, le dos de Brion. Des croûtes de sang séché les défiguraient. Leurs cheveux dégoulinaient de sueur. Leurs muscles étaient si tendus qu'on eût dit des cordes d'arcs.

Ils n'avaient, ni l'un ni l'autre, plus rien d'humain.

Dans les buissons, le long de la grève, une silhouette efflanquée, allongée dans l'herbe, suivait le combat, tressaillant à chaque coup, les yeux exorbités.

L'enfant muet, Ned, avait rampé sous les taillis pour s'arrêter le plus près possible du duel, attiré jusque-là par la fureur des combattants et le tumulte des cris.

Au-delà, il y avait les guerriers, et la mort.

Ned connaissait la mort pour l'avoir bien des fois côtoyée. Combien de noyés rejetés par les flots avait-il vus ? Combien de blessés hurlant de douleur et de peur dans les lames, les membres fracassés par les écueils, avait-il entendus ? Mais il n'avait jamais vu une telle fureur dans le corps de deux hommes.

Ces deux-là n'étaient sans doute pas des hommes comme ceux qu'il avait connus. Dans son for intérieur, il choisit le vainqueur. Celui qui, la veille, l'avait mis dehors pour le sauver du Balafré. Lui, l'enfant qui, depuis bien longtemps, ne voyait plus personne d'autre que le vieux, un seigneur s'était intéressé à lui.

Le vieux lui avait dit : « Celui-là est un brave. » Et il l'avait cru, car le vieux parlait peu, mais juste, et ne mentait jamais. L'attention de l'enfant se reporta sur les Fianna qui s'étaient rapprochés du cercle tracé dans le sable.

Poussant un hurlement de rage, Oengus chargea soudain, entaillant de son glaive l'avant-bras de Brion qui n'avait pas eu le temps d'esquiver.

Un lambeau de chair partit avec la lame de l'ancien druide qui recula d'un bond, évitant de peu la riposte de son ennemi.

Les Fianna, posant leurs boucliers entre leurs cuisses, se mirent à les frapper en cadence avec les torques de métal qui encerclaient leurs poignets.

L'un d'entre eux entonna un vieux chant de guerre,

repris par les autres. Dans un nouveau sursaut, le Balafré chargea à son tour, le glaive haut.

85

Après le long monologue de Meran, fils de Aine, Deirdre avait décidé de quitter Emain Macha pour aller vers le Nord.

— Je crois aussi, ô druidesse, ajouta le chef du clan des Fir Rois, que votre frère et son ami ont parlé d'Ess na Larach.

— Ess na Larach ?

La jeune femme se tourna vers le capitaine des gardes, immobile à quelques pas d'elle, lui faisant signe d'approcher.

— Sais-tu où est Ess na Larach, Caier ? demanda-t-elle.

Le capitaine hocha la tête, une expression soucieuse passant sur son visage.

— Oui. Dans les glens d'Antrims, c'est le nom d'une cascade sur le territoire des Dal Riata. C'est un long chemin à travers forêts, landes et tourbières. Un grand druide y vit avec des cygnes pour seuls serviteurs.

— C'est donc là que nous irons.

— Mais, ô druidesse, Gwydion ne vous a-t-il pas dit d'aller à Emain Macha ? Mieux vaudrait maintenant rebrousser chemin, et rentrer à Tara.

Deirdre ne répondit pas tout de suite. Elle était livide et ses traits tirés montraient assez à quel point ce qui s'était passé à Emain l'avait touchée jusqu'au plus profond d'elle-même.

Depuis que le chef des Fir Rois lui avait conté les charniers, les cairns avec les têtes coupées des druides et des gardes, l'horreur partout, le sanctuaire détruit et l'assassinat de Cetal, elle avait essayé de faire sien le sens de ce sacrilège, sans vraiment y arriver.

Elle comprenait intuitivement que c'était la fin d'un monde, son monde. Mais surtout, elle sentait qu'à l'intérieur d'elle-même une seule chose restait inchangée : son désir de retrouver son frère, son amour pour lui.

Et cela seul la porterait, s'il le fallait, jusqu'aux marches d'Irlande, et même au-delà. C'était un sentiment plus fort que tout, un sentiment que le haut-druide Gwydion avait deviné bien avant elle, en l'envoyant à la recherche des deux jeunes gens.

« Ce lien-là, songea Deirdre, même si notre monde bascule, nul ne le rompra, pas même la mort. »

— Il m'a surtout ordonné, Caier, de ramener mon frère Eogan et son ami Fergus, répliqua-t-elle en se levant pour couper court à toute réplique. Nous partirons dès l'aube pour la cascade d'Ess na Larach !

Chapitre 9

« Et toi, ô mon aîné, as-tu des nouvelles ?

Ce sont, en vérité, de terribles nouvelles :
ce sera un mauvais temps qui durera longtemps,
pendant lequel les chefs seront nombreux,
pendant lequel les honneurs seront rares,
les vivants anéantiront les bons jugements.
Le bétail du monde sera stérile.
Les hommes rejetteront la pudeur. »

Imacallam in da Thuaraid
Le dialogue des deux sages.
Traduction Christian-J. Guyonvarc'h

86

La troisième aube s'était levée sur la grève... Et les hommes combattaient toujours.

Ils avaient roulé dans le sable, étaient tombés, avaient même, à plusieurs reprises, lutté à genoux.

Les Fianna entonnaient un nouveau chant, celui des exploits de Cuchulainn. Ils frappaient en cadence le métal des boucliers et le choc des armes se répercutait dans la forêt et sur les parois sombres des falaises.

Au large, remontant vers le Nord, passaient des grands souffleurs, reconnaissables aux jets immenses qui s'élevaient au-dessus d'eux, aux bonds démesurés qu'ils faisaient hors de l'eau, éclaboussant d'écume les flots gris. Plongeant et disparaissant.

Venue de la mer, où, depuis la veille s'amoncelaient des nuages noirs, la pluie se mit à tomber, glacée, délayant sueur et sang.

L'enfant se réveilla sous le buisson où il s'était endormi. Se frottant les paupières. Inquiet de se trouver là, plutôt qu'allongé sur sa litière à côté du vieux, au crannog. Il s'ébroua comme un jeune animal, et fixa à nouveau le combat, indifférent à l'averse et à la faim qui lui tenaillait le ventre.

Était-ce la venue de l'orage ? Le chant que venaient d'entonner les Fianna ? L'appel d'un corbeau qui tournoyait au-dessus de la plage, haut dans le ciel ?

Le Balafré poussa un rugissement assourdissant puis se tut, tandis que des borborygmes et des hoquètements le secouaient tout entier. Un gargouillis sortit de sa gorge, puis un râle de bête qui se meurt.

Il se redressa de toute sa taille, dominant Oengus qui recula d'un pas, puis de deux, les yeux écarquillés.

Les os de Brion craquaient. Sa respiration sifflait. Ses dents s'entrechoquaient et le battement de son cœur devenait si puissant que tous, autour de lui, l'entendirent.

Pulsation sinistre faisant mourir les chants des Fianna dans leurs gorges. Instinctivement, les guerriers brandirent leurs épées devant cette créature qui ne ressemblait plus à leur chef et se métamorphosait, difforme, monstrueusement difforme.

Les yeux du Balafré roulaient dans ses orbites, et bientôt on n'en vit plus que le blanc strié de sang. Il tendit les mains pour saisir Oengus qui, se reculant d'un bond, faillit sortir du cercle de sable. Les bras et les jambes du monstre se déjetaient sur le côté. Sous sa peau, ondulaient des muscles et des veines qui enflaient démesurément.

Il se tourna vers les guerriers et poussa un hululement de loup, leur montrant la face gauche de son visage.

À cette vue, tous prirent peur. La moitié maudite de

sa face se dilatait. L'ancienne balafre qui courait de la racine des cheveux au menton s'était rouverte, et du sang coulait des chairs qui s'étiraient lentement.

C'en fut trop pour les Fianna qui refluèrent vers leurs destriers, sautant en selle pour quitter ce lieu où ne s'affrontaient plus des hommes, mais des créatures de l'Autre Monde.

Le corbeau plongeait vers la grève, décrivant de larges cercles. À son cri perçant répondit un nouveau rugissement de Brion.

Dans les buissons, Ned, fasciné, avait observé la métamorphose de Brion. C'était donc cela la fureur guerrière dont certains soirs, des hommes du village, pourtant de rudes marins, parlaient entre eux, à voix basse.

La forme noire de l'oiseau s'abattit sur le sable.

D'un bond formidable, le Balafré se jeta sur Oengus, le précipitant à terre et l'écrasant sous sa masse. L'oiseau sautilla jusqu'aux corps emmêlés, inclinant la tête pour mieux les observer de son œil rond.

Oengus se battait avec l'énergie du désespoir, essayant de se dégager. Ils roulaient sur le sol, aussi étroitement enlacés que deux serpents en train de s'accoupler.

Les glaives avaient volé au loin. Brion enfonça ses dents dans l'épaule d'Oengus, cherchant la chair de son cou, le mordant cruellement. Les visages barbouillés de sang, de sable et de bave, étaient méconnaissables.

S'enfonçant le poing dans la bouche, l'enfant retint le gémissement inarticulé qui montait de sa gorge.

Un craquement retentit. Brion avait brisé d'un coup sec l'avant-bras d'Oengus qui, retenant un hurlement de douleur, réussit à se libérer de l'étreinte du monstre et s'agenouilla avant de se redresser, titubant, livide.

Le Balafré se déploya lentement, se redressant en soufflant avec force, ses yeux révulsés tournés vers son adversaire. Il semblait se fatiguer plus vite qu'auparavant. Des veines avaient éclaté sur son torse barbouillé de sang. Il écarta les cuisses, enfonçant profondément ses pieds nus dans le sable, se ramassant sur lui-même.

Vacillant, Oengus avait ramassé son glaive de la main gauche, et faisait face à nouveau, malgré le bras qui pendait inutilement contre sa hanche.

Le corbeau s'envola en piaillant.

87

Le ciel n'était plus qu'un épais drap gris suspendu au-dessus de l'eau. Un bruit étrange montait de l'océan. Un bruit si singulier qu'Oengus suspendit son geste.

L'enfant avait entendu, lui aussi, et jamais de sa vie, sauf peut-être en rêve, il ne se souvenait d'un tel mélange de colère et de douleur. Une plainte lointaine, venue de la haute mer.

Un mugissement, un grondement, il ne savait.

Dans les bois, au-dessus d'eux, les oiseaux s'envolaient des sorbiers. Même les mouettes gagnaient l'intérieur des terres.

Alors que le vent était tombé, que la pluie se calmait, une lueur blanche glissa sous la surface lisse de la mer.

Un scintillement lumineux venu des profondeurs.

Puis l'eau se mit à frémir et à bouillonner comme si la mer n'était rien d'autre qu'un chaudron sous lequel on avait allumé un monstrueux brasier.

Une lame de fond, aussi haute qu'une colline ourlée d'écume se leva.

Le bruit retentit à nouveau, déchirant, et la lame laissa apparaître la forme profilée d'un monstre marin, une baleine d'un blanc immaculé.

Blanche comme toutes les créatures de l'Autre Monde.

Son aileron brodé de noir fendant les flots, elle fonçait droit vers le rivage, soulevant d'énormes rouleaux qui retombaient autour d'elle avec un bruit de tonnerre.

La plainte était tout à la fois colère, rage, angoisse, désespérance, tant de choses qui étaient de ce monde et pas encore de l'autre.

Oengus pétrifié, lâcha son glaive et leva la main vers la bête comme pour la saluer.

Le Balafré bondit, lui enfonçant sa lame dans le torse et la retirant d'un même geste.

L'ancien druide s'avança d'un pas, puis tomba à genoux en râlant, le sang coulant à flots de sa blessure.

L'énorme monstre marin n'était plus qu'à une dizaine de mètres de la plage. Des milliers de coquillages étaient enfoncés dans sa peau comme sur la coque d'une épave.

Plus près encore. L'éclat rouge de ses yeux.

Brion se mit à courir vers la bête, la défiant en faisant des moulinets de son glaive couvert de sang.

Un sifflement léger le suivit, guère plus fort que celui d'une guêpe. Une douleur intense dans les reins, là où Ullerin, la lame d'Oengus, s'enfonça jusqu'à la garde.

88

La bête jaillit de l'eau, et glissa jusqu'aux squelettes blanchis, creusant un fossé profond, une tranchée dans le sable.

De gigantesques blessures marquaient son flanc et son mufle, des pans de chair entiers avaient été arrachés. Des traces noires comme des brûlures, des empreintes d'un combat des profondeurs, un combat de l'Autre Monde.

Les yeux rouges étaient grands ouverts, et regardaient droit devant eux.

La bouche de la bête s'entrouvrit, exhalant un souffle chaud, si puissant que même l'enfant caché dans les buissons se sentit enveloppé par lui. Une haleine chargée d'odeurs de tempête, de sel, de glaces... De tant de choses que jamais ne sentiraient les hommes.

Une fleur de sang s'épanouit sur son dos, ruisselant

jusqu'au sol. Un dernier frisson courut sur la peau livide. La bête était morte.

L'enfant resta un long moment sans bouger, puis lentement, il se leva et s'approcha. Sur la plage où avaient combattu les deux guerriers, ne restaient plus que les corps allongés à l'ombre des squelettes géants. La mer refluait, et avec elle, toute vie comme à chaque marée, s'en allait.

Bientôt, le soleil plongerait vers les vagues et la nuit envelopperait le monde d'un voile noir et glacé.

89

Au matin, quand Oengus ouvrit les yeux, un morceau de couverture le recouvrait et un tampon de tissu enfoncé dans sa plaie avait arrêté l'hémorragie.

Il essaya de se redresser, mais une douleur fulgurante lui rappela l'os brisé de son avant-bras.

Il était couché sur un tapis de mousse, sous les buissons, à la lisière des bois. Non loin de sa tête, était posé Ullerin, son poignard au manche couvert d'entrelacs. Il l'attrapa de sa main valide, grimaçant de douleur à ce seul geste.

Il ne se souvenait pas d'avoir rampé jusque-là. À vrai dire, il ne se souvenait que de ce monstre blanc, rejeté par le bouillonnement des flots. Cette bête de l'Autre Monde, que maintenant des milliers de mouettes et de corbeaux devaient déchiqueter.

Il se demanda si Brion était mort.

Un léger bruit sur le côté lui fit tourner la tête. À quelques pas, assis en tailleur, immobile, se tenait l'enfant muet, son regard luisant à travers les cheveux qui lui cachaient la face.

Oengus sentit des mots se former sous son crâne, des questions aussi, mais aucun son ne sortit de ses lèvres.

Un élancement lui traversa le torse, là où la lame s'était enfoncée, une sensation de vide, et puis il sentait encore la morsure des dents de Brion dans son épaule. Enfin, après un effort énorme sur lui-même, il parvint à articuler :

— Approche, Ned, approche, n'aie pas peur !

L'enfant hésita, puis obéit, lentement, prudemment.

— C'est toi, n'est-ce pas, qui m'as tiré jusqu'ici ?

Serrant les dents, Oengus essaya de s'asseoir. L'enfant se précipita, l'aidant à s'accoter à une vieille souche. Un rictus de souffrance sur la face, l'ancien druide reprit :

— Sais-tu où est mon cheval, Fandall ?

L'enfant secoua la tête négativement.

— Bon. Il va falloir que tu m'aides, mais tu n'es pas bien fort, et je suis lourd. À moins que tu n'ailles chercher le vieil homme au crannog ?

Une expression de terreur déforma les traits de l'enfant qui fit non, agitant frénétiquement les mains.

— Bon, bon, je suppose que tu as peur de retomber sur les Fianna. Je te comprends, petit. Connais-tu un endroit dans ces bois, où nous pourrions nous abriter pour la nuit ?

Ned hocha la tête.

— Une grotte ?

Encore un hochement.

— Bon, mais d'abord, il va falloir que tu fasses ce que je te dis. Je dois me soigner, et vite. Connais-tu les herbes par ici ?

Un hochement rapide.

— Une source ?

Nouveau hochement de tête. L'enfant grogna quelque chose, désignant la falaise au-dessus de lui.

— Bien, bien, calme-toi ! Déchire cette couverture pour en faire un bandage suffisamment large et long pour me serrer le torse.

L'enfant obéit.

— Maintenant, prends à ma ceinture, la petite bourse de cuir, ouvre-la. Je vais retirer le tampon que tu as mis, dès que je l'aurai ôté, tu mettras un peu de la poudre qui est là-dedans sur la plaie et nous serrerons la bande le plus possible autour de ma poitrine.

Le gamin avait le geste vif et précis et, à aucun moment, Oengus n'eut à le reprendre.

— Merci, fit l'ancien druide, une fois son torse étroitement bandé. Il va falloir que tu trouves de quoi me faire une attelle. (Oengus, livide, de grosses gouttes de sueur ruisselant sur son visage, se tut un moment, reprenant son souffle.) Deux branches droites et pas trop longues feront l'affaire. Ensuite, un bâton pour me servir de canne. Nous irons à ta source et je te dirai quelles herbes il te faudra ramasser en chemin.

Il jeta un bref coup d'œil à l'enfant muet, à son corps recouvert d'une épaisse couche de crasse, à ses cheveux emmêlés.

— Mais d'abord, c'est important, lave-toi dans l'eau d'une source, rince tes cheveux, et que rien ne t'entache. Ne mange rien non plus en chemin, pas même une baie. Va, cours chercher ce que je t'ai demandé.

L'autre hésita, ses yeux allaient du bras cassé à la terrible blessure. Celui-là ne serait-il pas mort quand il reviendrait ?

Oengus parut comprendre les pensées de l'enfant, il se força à sourire et murmura doucement :

— Je saurai t'attendre.

L'enfant hocha la tête, et tournant les talons, s'enfuit avec l'agilité d'un chevreuil.

Et pourtant, en le voyant partir, une vague d'accablement envahit l'ancien druide.

Il savait qu'il lui serait difficile, non impossible, de tenir, s'il n'utilisait pas ce à quoi il avait renoncé. Malgré la poudre d'herbes qui avait calmé la douleur, une langueur fatale l'envahissait. S'il s'y abandonnait, s'il fermait les yeux, ne serait-ce qu'un seul instant, il était mort.

Il effleura l'os de son bras cassé, dont la pointe poussait la peau marbrée de noir.

Un regain de fureur le prit à l'idée qu'il pourrait mourir là, alors que Brion avait volé l'épée de lumière.

Brion, mais qu'était devenu Brion ? Si l'enfant avait récupéré Ullerin, l'avait-il fait sur son cadavre ? Ou bien, et c'était plus probable, le Balafré avait réussi à arracher l'arme et était rentré au crannog rejoindre ses Fianna.

Dans ce cas, il n'avait plus le choix...

Il murmura une incantation « *éli Loga* », une prière à Lug, cherchant aide et remède dans ses anciens pouvoirs, invoquant la puissance du dieu de Lumière.

90

Deirdre était arrivée à Ess na Larach. Laissant son escorte installer le campement et allumer les feux, elle était montée seule vers la cascade.

Le cirque de roches brunes, d'où jaillissait une eau transparente et glacée, était ombragé par des arbres aux feuilles pâles. L'eau ruisselait sur les pierres plates, se perdait dans des trous d'eau, où nageaient des cygnes.

La jeune femme repensa à la phrase du capitaine : *« Un grand druide y vit avec des cygnes pour seuls serviteurs. »*

Elle s'agenouilla, dessinant une figure dans le sable de la berge. Les grands oiseaux blancs glissèrent vers elle. Un froissement de feuilles, léger, derrière elle, à peine un frôlement, un souffle tiède sur son épaule.

Elle ne se retourna pas, achevant son motif. Un des cygnes s'envola et bientôt, il n'y eut plus rien sur l'eau que le remous qu'ils avaient laissé. La jeune femme se redressa, mais il n'y avait plus personne derrière elle. Juste son hermine, dressée sur ses pattes arrière, et qui fit demi-tour quand elle s'approcha, filant jusqu'à un rocher où elle se percha pour l'attendre. Deirdre s'avança et le petit animal s'enfuit à nouveau.

Au bout d'un moment, la jeune bandrui se retrouva de l'autre côté de la cascade où l'hermine l'attendait, perchée sur l'épaule d'un enfant, vêtu de la longue tunique blanche des druides.

91

Une colonne de fumée noire s'élevait au-dessus du crannog en flammes. Les deux cavaliers talonnèrent leurs montures.

— Peut-être sommes-nous enfin sur la piste du Balafré et de ses hommes ! s'écria Fergus en poussant le Gris.

Deux jours qu'ils chevauchaient sans plus retrouver trace des Fianna. Deux jours qu'ils se demandaient s'ils avaient bien compris les instructions du druide d'Ess na Larach et s'il ne leur faudrait pas faire demi-tour pour revenir à Emain Macha, ou à Tara.

Deux jours de colère, sans presque rien manger, à chercher une piste qui n'existait pas, des empreintes effacées.

Guidés par la fumée, les deux cavaliers arrivèrent bientôt aux berges du lac na Cranagh, et à ce qui restait du refuge d'Oengus.

Les plates-formes de bois du crannog achevaient de se consumer. Des flammèches ici et là, des pans entiers de maisons glissant dans l'eau glacée. Un paysage de désolation, noirci, lugubre, et surtout... pas l'ombre d'un vivant.

Les deux cavaliers s'arrêtèrent sur la berge. Calmant leurs destriers que les odeurs d'incendie rendaient nerveux.

Le cadavre décharné d'un vieillard gisait en travers du chemin, devant les restes d'une passerelle détruite menant au village sur pilotis.

Fergus sauta à terre, retournant le malheureux. Il était mort depuis longtemps, membres raides et glacés. Un visage ridé comme une pomme d'hiver, des yeux qu'agrandissaient la douleur et la terreur, de rares cheveux blancs maculés de sang séché. Des os cassés, la peau parsemée de traces noirâtres : on l'avait battu à mort, avant de l'abandonner là.

— Je ne vois aucun autre mort, ni survivant, remarqua Eogan qui s'était dressé sur ses étriers, regardant autour de lui. Personne. Crois-tu donc que cet homme habitait seul ici ? C'était un crannog plutôt important, au moins une vingtaine de maisons.

— Tout est possible, répondit Fergus. Dans ce pays, les gens vivent de la pêche et, bien qu'ils soient habiles marins, la mer est dure pour eux. Il suffit que plusieurs embarcations se soient perdues pour qu'un village comme celui-là n'ait plus aucun habitant.

— Il resterait bien des femmes et des enfants, insista Eogan.

— Partis ailleurs, retournés dans leurs clans d'origine. Comment veux-tu survivre ici sans hommes ? Il n'y a que des pierres et du vent.

— Mais pourquoi le Balafré aurait-il brûlé ce crannog alors que, par ailleurs, depuis Emain Macha, il s'évertue à brouiller sa piste ? Il y a là quelque chose qui m'échappe.

— Je ne crois pas qu'il pense comme nous, Eogan. C'est un ours en colère. Intelligent, mais le plus souvent brutal et imprévisible, et c'est ce qui le rend si dangereux.

— Tu as raison. Que proposes-tu ?

— Ils ont une nuit d'avance sur nous. Pas plus, déclara Fergus en se penchant pour observer l'herbe piétinée autour du cadavre, ramassant une motte de terre qu'il égrena pensivement entre ses doigts.

— Alors enterrons cet homme, et partons. Nous n'avons que trop perdu de temps.

92

À plat ventre dans les roseaux, l'enfant, fasciné, regardait les deux jeunes gens entasser les pierres sur le corps du vieillard. L'enfant songea que maintenant, il était vraiment seul. Si Oengus mourait... Sa main se crispa sur une touffe d'herbes et une pierre roula sous ses pieds. Il se redressa, apeuré. Il n'aurait jamais dû revenir jusqu'au crannog. Si ces deux-là le voyaient. S'il n'y avait pas eu ce bâton qu'il voulait tailler. Il y avait de beaux coudriers près du lac...

Il se mit à courir. Pourtant ces deux-là n'étaient pas des Fianna. Ils portaient la robe blanche des druides. Des druides, il n'en avait pas revu depuis longtemps... Depuis son enfance là-bas... De l'autre côté de la mer.

Il courait à en perdre haleine, sautant par-dessus des troncs morts, aussi rapide que la flèche du chasseur.

Oengus ne devait pas mourir. Les paroles du vieux résonnaient encore à ses oreilles : « Celui-là est un brave. » Un grognement sortit de sa gorge, alors qu'il se remémorait le combat de la veille et ce qui avait suivi.

Plus rien ne bougeait sur la grève, le monstre marin avait exhalé son dernier souffle, quant aux deux guerriers, ils avaient l'immobilité de la mort.

Alors qu'il sortait lentement de sa cachette, il avait soudain vu le cadavre du Balafré — ce qu'il prenait pour un cadavre — se relever brusquement, arracher la lame et partir en titubant.

L'enfant s'était presque évanoui de peur, s'attendant à ce que le monstre le découvre, puis soudain, il avait pensé au vieux là-haut. Au vieux qu'il fallait prévenir.

Il partit en courant, grimpant par les sentes des animaux sauvages. Mais il était trop tard. Quand, épuisé et en sueur, il était arrivé au lac, les Fianna avaient déjà tué le vieil homme.

Alors l'enfant avait nagé jusqu'à l'une des maisons, essayant de sauver quelques affaires avant que les Fianna ne pillent le peu qu'il y avait encore à piller.

Les maudits étaient enfin repartis, incendiant le village. Les maisons de bois avaient brûlé toute la nuit et encore ce matin, de vilaines fumées noires s'en dégageaient.

Ned n'avait plus rien, ni personne, sauf peut-être, cet Oengus, s'il survivait et s'il voulait bien de lui. Il était redescendu sur la plage, avait endigué le sang comme le lui avait appris le vieil homme, et attendu l'aube, sous une couverture prise au crannog, serré contre l'autre pour lui donner la chaleur de son corps.

Il se secoua, et jeta un bref regard derrière lui, les deux cavaliers remontaient en selle.

Il fallait qu'il fasse vite, si l'autre mourait... Il avait mis de côté tout ce qu'il devait rapporter, les deux morceaux de bois pour le bras cassé, il trouverait de quoi faire une canne dans le petit bois de bouleaux...

Il ne lui restait plus qu'à se laver à la source, près de la grotte. Se laver... Il fit la grimace. Depuis combien de temps n'avait-il pas seulement glissé un pied dans l'eau ? Le vieux non plus ne se lavait pas. Il n'y avait que les femmes et les petits pour aimer l'eau. L'eau leur avait pris tellement de monde qu'elle ne rendrait pas.

93

— Eh regarde, fit Fergus en se redressant sur sa selle. Un enfant qui s'enfuit, là, dans les hautes herbes, il va rentrer dans le bois !

Eogan qui avait, lui aussi, sauté en selle, demanda :

— Tu veux qu'on le rattrape ?

— Non, laisse ! S'il est le seul survivant et s'il a vu le massacre de ce vieil homme, il sera trop effrayé pour nous répondre. Nous n'avons que trop perdu de temps et quelque chose me dit que maintenant, Brion va laisser des traces. Autant en profiter avant que la pluie ne tombe. Regarde, l'orage menace à nouveau.

94

Ils avaient cheminé pas à pas, Oengus s'appuyant de tout son poids sur le bâton que lui avait donné l'enfant. Le gamin passant devant, écartant les branches qui pourraient entraver la marche, ramassant de la main gauche les plantes que l'ancien druide lui indiquait : *belenountia*, *blutthagio*, *ioubaron*, *korna*, *raith*, *thona*, *scobilo*, *airgedlaim*...

Ils arrivèrent enfin à la source dont avait parlé l'enfant. Elle jaillissait d'une étroite fissure dans la falaise, une faille bordée de mousses et de fougères. Elle coulait sur un lit de graviers, se perdait dans un méandre de bassins naturels, avant de se mêler au sel de la mer.

Sur un ordre de son compagnon, Ned jeta trois plantes soigneusement choisies parmi la dizaine qu'il avait cueillies, dans une vasque où s'amassait une eau verte et glacée.

Oengus se déshabilla et y descendit, aidé par l'enfant. Il brassa longuement les herbes de sa main valide, chantant des incantations, avant de s'immerger complètement.

Longtemps, si longtemps que quand il réapparut, sa peau, hérissée par le froid, avait bleui. Pourtant, son visage était moins tourmenté, comme si toute douleur, par la grâce de la source et des herbes, l'avait abandonné.

Puis, tous deux remontèrent vers la grotte, simple abri peu profond creusé dans la pierre tendre, s'asseyant à l'abri d'un auvent rocheux, masqués à la vue par d'épais buissons de ronces.

— Maintenant, Ned, ordonna Oengus, tu vas préparer un feu.

Ned se leva aussitôt, ramassant quantité de bois morts, puis, sans que le blessé lui ait rien demandé, prépara des litières de fougères sèches et de feuillages de bouleaux.

Enfin satisfait, il se rassit en face d'Oengus, de l'autre côté du tas de bois, et observa alors quelque chose qu'il n'avait jamais vu.

Son ami effleura à peine les branchages et de petites flammèches coururent sur le bois qui s'enflamma aussitôt. L'enfant écarquilla les yeux, vaguement inquiet devant une telle preuve de pouvoir.

— Ce n'est rien, fit l'autre d'un ton rassurant, n'aie crainte. Approche petit, je vais encore avoir besoin de toi. Tu vois ces plantes ? Tu vas les broyer si fin avec cette pierre-là, que tu en feras une pommade dont tu m'enduiras le bras et la poitrine. Ensuite, nous fixerons les attelles. Allons ! Nous avons encore bien des choses à faire avant que la nuit ne nous surprenne.

Ned attrapa la pierre que lui tendait le druide et ne put s'empêcher de l'examiner, tant elle était luisante. Il n'en avait jamais vu de pareille. Il posa les plantes sur une roche plate, et entreprit de les broyer avec soin. Il s'appliquait, la bouche entrouverte, la langue pointant entre ses dents. Enfin, il ramassa ce qui restait dans sa paume, en faisant une grosse boule. La pierre blanche s'était dissoute au contact des plantes et l'ensemble formait une pâte huileuse au contact.

— C'est bien, dit Oengus qui rouvrit les yeux, tu vas pouvoir me l'appliquer.

Ce qui fut fait.

— Gardes-en un peu, murmura l'ancien druide, nous en aurons encore besoin. Puisse le dieu des pouvoirs, Diancecht, être avec nous.

Toujours suivant les instructions, l'enfant posa avec habileté les attelles le long du bras blessé.

— Il te reste une chose à faire. Prends mon poignard, ajouta l'homme, en lui tendant la courte lame qui avait blessé le Balafré.

Ned l'attrapa précautionneusement, fasciné par les entrelacs qui en décoraient la garde.

— Tu vois cette blessure à mon épaule ?

Un hochement de tête. Les bords de la morsure faite par les crocs du Balafré avaient noirci et une vilaine croûte s'était formée.

— Si nous la laissons ainsi, son poison me tuera. Tu vas passer ta lame dans le feu et inciser profondément jusqu'à ce que le sang jaillisse.

À ces mots, l'enfant fit un signe négatif de la tête tandis qu'un son rauque sortait de sa gorge. Il vacilla. Tout, autour de lui, devenait trouble. Une grande fatigue l'envahissait, et puis il avait faim et froid, et ses mains s'étaient mises à trembler. La lame lui échappa et tomba sur le sol à ses pieds.

Oengus avait compris. Non sans difficulté, il rouvrit sa bourse de cuir et en sortit un petit morceau de racine blanchâtre qu'il tendit à l'enfant.

— Prends, et mange lentement, petit. Tu verras, ta faim se dissipera et peu à peu, tes forces vont revenir.

Et au grand étonnement de l'enfant, ce qu'il avait dit se réalisa. Le goût de la racine était agréable, un peu fort peut-être, mais agréable. Il mâcha avec application et bientôt, il sentit une douce chaleur irradier dans son corps, tandis que ses tremblements cessaient. Il ramassa la lame et se tourna à nouveau vers le blessé.

— Allez, va, fais ce que je t'ai dit ! insista l'autre.

Ned enfonça Ullerin dans les flammes, attendant que la pointe vire au rouge. Puis il appuya le fer sur la croûte et commença à inciser.

Une odeur de chair grillée monta, puis la croûte céda, libérant un liquide verdâtre qui éclaboussa le gamin, et dégoulina le long de la lame.

— Il faut que tu l'enfonces plus profondément, et que tu découpes les bords de la plaie. Ôte tout ce qui est noirci ! grimaça Oengus. Remets-la dans le feu et recommence ! Vite !

Le front dégoulinant de sueur, le cœur chaviré par la puanteur qui montait de la plaie, Ned obéit malgré tout.

Le pus continuait à s'écouler, et il dut s'y reprendre à trois fois avant que la source ne se tarisse et qu'apparaisse un sang bien rouge.

À aucun moment, Oengus n'avait crié, mais il était trempé de sueur, et son visage avait viré au gris. Une large et profonde entaille aux bords nets s'ouvrait maintenant dans son épaule.

— C'est bien, petit ! fit-il. Nettoie encore la lame dans les flammes et maintenant, pose-la simplement à plat sur ma peau ! Ensuite, il te faudra mettre le reste de la pommade que tu as gardé.

L'enfant hocha la tête, approchant une nouvelle fois, la lame rougie de l'épaule d'Oengus. Celui-ci laissa échapper un drôle de soupir, et fermant les yeux, murmura :

— Je crois que je vais...

Avant de basculer, évanoui sur sa couche.

La mine grave, l'enfant acheva de cautériser, nettoya à nouveau l'arme dans les flammes, enduisant du reste de pommade l'épaule blessée avant de recouvrir l'homme de sa couverture et de se recroqueviller tout contre lui pour dormir.

95

À Tara, le haut-druide Gwydion et tout le conseil assemblé n'avaient pu contenir plus longtemps la colère du Haut-Roi.

Depuis le vol du glaive de Nuada, Loegaire allait et venait dans son palais comme un loup, hurlant de rage, brisant tables et fauteuils, plantant sa hache dans le bois des portes et des murs.

Gwydion avait eu beau lui répéter que le vol et l'assassinat du druide gardien n'étaient le fait ni des Ulaid ni de Collbran au cou rouge, roi d'Ulster, mais bien d'un seul homme et que cet homme était Brion le Balafré, Loegaire n'en avait pas moins ordonné à son armée de se préparer à la guerre.

Gwydion annonça alors qu'il avait envoyé un détachement de sa garde avec son capitaine et une druidesse, afin de lui ramener au plus vite l'épée de lumière.

— Bien, bien, ô Gwydion, et fasse que cette druidesse dépose au plus vite le glaive dans la grotte sacrée et que reviennent des nuits meilleures ! Mais cela ne change rien à ma décision. Le *ard-ri* ne peut être bafoué, ou ce sera la fin des cinq royaumes d'Irlande. Nul n'a jamais porté la main sur les trésors des Tuatha de Danann ! Et jamais plus personne, après ce que je vais faire aux Ulaid, n'osera recommencer. Mes cavaliers, dirigés par Mac Coll, partiront à l'aube et, s'il le faut, j'enverrai le reste de mon armée pour que sonne le fer et que coule le sang. Ainsi tous s'inclineront à nouveau devant la puissance du royaume du Milieu !

Gwydion se tourna vers les druides Lucat Mael et Lochru. Il n'eut pas même besoin d'esquisser un geste, son regard impérieux suffit, les deux hommes saluèrent respectueusement le roi de Tara et sortirent aussitôt. Il ne restait plus dans la vaste pièce que le roi et son conseiller.

Gwydion fixait avec tristesse le *ard-ri* planté au

milieu de la salle, le visage durci, les yeux luisants d'une colère que rien n'éteindrait, sauf la mort.

Il devenait inutile d'insister, Loegaire ne l'écouterait plus, perdu dans sa folie guerrière.

— Puisse Lug t'inspirer et guider tes pas, déclara le haut druide. Je dois te laisser maintenant que ta décision est prise.

— M'accompagneras-tu sur le champ de bataille ? lui lança soudain Loegaire.

— Tel est aussi mon rôle, ô *ard-ri*. Je serais à tes côtés quand tu revêtiras tes armes et mon épée saura jaillir de son fourreau, répondit gravement Gwydion.

96

Partis depuis deux jours du royaume du Milieu, les cavaliers de Tara, commandés par Mac Coll, s'étaient heurtés aux troupes du roi d'Ulster, Collbran au cou rouge, de retour du sanctuaire incendié d'Emain Macha.

Une rude bataille s'était ensuivie. Une bataille qui n'avait laissé au Baile Atha Fhirdia, le gué de Ferdia, qu'un vaste charnier survolé par les corbeaux et les aigles.

Mais déjà, le message était parti, volant de trompes en trompes et de tambours de guerre en tambours de guerre.

Le roi d'Ulster affronterait le roi suprême Loegaire, et raserait Tara comme celui-ci avait fait pour Emain.

La paix entre les cinq royaumes était brisée.

Chapitre 10

« Tout art sera bouffonnerie,
Chacun sortira de son propre état
Avec orgueil et arrogance,
Si bien que ni le rang,
Ni l'âge,
Ni l'honneur,
Ni la dignité
Ni l'art (poétique)
Ni l'instruction ne seront respectés. »

Imacallam in da Thuaraid
Le dialogue des deux sages.
Traduction Christian-J. Guyonvarc'h

97

Le Balafré marchait de long en large sous la tente, une douleur lancinante lui rappelant la morsure du poignard d'Oengus. La chair autour de la plaie avait noirci et il lui semblait, par moments, que la lame était encore plantée dans ses reins.

Un sourire sinistre étira ses lèvres. Peut-être, après tout, Oengus avait-il gagné ? Peut-être allait-il mourir ? Il grogna, allant et venant de plus belle de sa litière à ses armes suspendues au mât de la tente. Marmonnant des mots sans suite. Donnant des coups de pied aux outres d'hydromel vides qui jonchaient le sol.

Oengus avait tenu parole, n'utilisant pas ses pouvoirs, se battant jusqu'au bout en guerrier.

Pourquoi fallait-il que, lui aussi l'obsède ? Brion revoyait son visage, ce regard gris-bleu qui, souvent, fouillait le sien, comme s'il connaissait toutes ses actions passées et à venir. Il se remémorait leurs rares discussions, les moments où l'autre éloignait d'un geste de la main les spectres qui le hantaient.

Celui-là, à sa façon, lui avait offert plus qu'aucun autre homme. Se tenant sans crainte devant lui, détournant ses colères, comme l'autre jour, avec le vieillard et l'enfant du crannog.

C'est pour ça qu'il avait fait battre à mort le vieux.

Pour ça et pour le reste ! Pour reprendre sa liberté, pour ne plus écouter personne d'autre que lui-même. Plus personne jamais ne lui dirait quoi faire ! Plus personne ne lui donnerait à penser qu'il se trompait. Que son chemin n'était pas le bon.

Il savait maintenant qu'il n'y en avait plus d'autre. Il avait tout fait pour ça. Comme un sanglier acculé par les chasseurs. Sauf que c'est lui qui avait provoqué la chasse. Bientôt les hommes de Tara ou ceux d'Emain les rattraperaient, et alors...

— J'ai essayé de t'épargner Oengus ! tonna soudain Brion. Cuchulainn le sait ! J'ai essayé de t'éloigner de moi ! Je t'ai tenu à l'écart pendant que je détruisais Emain Macha et que je tuais Cetal. Tu n'as rien vu de tout cela. Tu n'as pas entendu leurs cris de souffrance, vu les têtes rouler à tes pieds... Et si tu n'avais pas cherché à savoir ce qui s'était passé, je ne t'aurais rien dit. Mais tu voulais que je parle, Oengus ! Tu voulais que je parle !

Dehors retentit l'appel d'un guetteur, hululement, cri d'oiseau de nuit.

Une forme blême aux longs cheveux flottants se glissa par l'embrasure de la tente, mais le chef des Fianna ne parut pas la voir jusqu'à ce qu'elle se dresse soudain devant lui, la bouche ouverte en un cri qu'il entendit résonner sous son crâne.

— Non ! Non ! Pas toi ! hurla-t-il en reculant devant l'apparition. Va-t'en ! Laisse-moi !

Les yeux de braise de la femme plongèrent dans les siens. Il sentit l'étreinte glacée de ses doigts au creux de sa poitrine. Une expression de terreur absolue se dessina sur ses traits alors qu'il s'effondrait à genoux devant la silhouette blanche.

— Non ! Non !

Mais le cri de la femme lui perçait le crâne, plus fort, toujours plus fort. Aigu, strident. Torture, douleur... Elle lui prit la main et la posa sur les plaies ouvertes de son flanc.

Il bascula en avant, inconscient.

98

Quand il revint à lui, la Bé Danann, la messagère du Sid, avait disparu. Les premiers rayons de l'aube éclairaient l'intérieur de la tente. Dehors, ses hommes s'affairaient. Il entendait à nouveau leurs voix, le bruit qu'ils faisaient, les hennissements des destriers.

Il n'avait perdu que trop de temps. Il fallait partir. Fuir devant les guerriers lancés à ses trousses.

Partir, se lever. D'abord se lever...

Le corps trempé d'une sueur glacée, Brion se dressa en titubant. Puis, son regard s'arrêta sur le large étui de son arc, suspendu au mât de la tente. L'archais de cuir rouge où était dissimulée l'épée de Nuada Airgetlam, Nuada au Bras d'Argent.

Jamais, depuis que le druide le lui avait remis à Tara, il n'y avait porté les yeux ni ne s'en était approché plus que de raison, craignant qu'Oengus ne s'en aperçoive. Et puis, il fallait bien qu'il l'admette, un sentiment d'angoisse le retenait. Mais plus maintenant. Maintenant, il fallait qu'il sache. Qu'il voie. Qu'il touche.

Le glaive de lumière, symbole du pouvoir du *ard-ri* Loegaire, devait sortir de son fourreau. S'il attendait encore, s'il était fait prisonnier, si les hommes de Loegaire ou de Colbrann le rattrapaient lui, et ses Fianna, il serait trop tard. Il aurait échoué.

Il tendit la main, décrochant l'archais et sortant précautionneusement le glaive, serré dans une longue écharpe de lin blanc. Laissant tomber l'étui vide à ses pieds, il s'assit en tailleur, posant l'arme sur ses genoux, presque étonné de ne pas éprouver d'autre sensation que le froid du métal à travers l'épais tissu.

Personne, sauf les druides et le *ard-ri* pendant les cérémonies, ne touchait les talismans confiés aux hommes par les Tuatha de Danann.

Il défit lentement la bandelette de lin, démasquant petit à petit le fourreau, puis la garde de l'épée. L'arme était courte, trapue, abondamment ouvragée, mais surtout faite dans un métal qu'il ne connaissait pas, un métal souple, presque blanc qui se réchauffait lentement au contact de ses doigts.

Ce n'est pourtant pas cela qui retint le plus son attention, mais bien plutôt l'inquiétant visage sculpté sur tout le pourtour du fourreau. Un visage dont partaient des entrelacs au dessin complexe. Une figure anguleuse aux yeux vides, aux sourcils froncés, à la bouche tordue en un troublant sourire, un visage sans nez et sans oreilles surmonté d'une couronne. La face de Nuada, le visage d'un dieu ? Étrangement, à cette vue, un tremblement irrépressible saisit Brion qui faillit lâcher l'épée.

Son cœur cognait dans sa poitrine, le souffle lui manquait, sa vue même se brouillait tandis que sous ses doigts, le métal se réchauffait de plus en plus.

Lui qui avait imaginé sortir la lame de son fourreau, afin qu'elle lui raconte ses exploits passés et que la destruction et la mort s'abattent enfin sur le monde et sur lui, Brion le Balafré.

Mais non ! Il ne pouvait pas. Pas comme cela.

Il jeta le linge sur le visage, et fébrilement, maladroitement, enveloppa à nouveau l'arme de Nuada au bras d'argent.

99

Une brume matinale s'était amassée à la lisière des bois, barrière grise et opaque que tranchaient juste les troncs blancs des bouleaux. Il avait plu toute la nuit et il pleuvait encore.

— Seigneur ! fit l'un des lieutenants en entrant

sous la tente du Balafré, les hommes sont prêts. Nous attendons vos ordres.

— Allons-y ! jeta le Balafré qui avait revêtu ses armes, l'archais de cuir rouge bien en place en travers de son dos, avec son bouclier.

La plupart des Fianna étaient à cheval, les autres achevaient de disperser les cendres du feu, de lier leur paquetage à leurs selles.

— Allez-y, pliez-moi cette toile et vite ! ordonna Brion d'une voix rauque. Toi ! Va me chercher une outre d'eau et des provisions pour plusieurs jours !

— Bien, chef, répondit avec empressement le soldat en se dirigeant vers les chevaux de bât.

Les casques et les tuniques de cuir étaient ruisselants de pluie, les fers des destriers s'enfonçaient dans une glaise jaunâtre.

— Viens, Coirrgend, j'ai à te parler, dit Brion en entraînant son lieutenant jusqu'à la monture attachée à la fourche d'un arbre.

— Oui, seigneur.

— Tu es un ancien chef de clan Cairbre, n'est-ce pas ?

— Oui, seigneur, nous étions liés au clan Ui Neill et à son roi.

— Bien, tu connais donc le dûn de Grianan of Aleach ?

— Oui, seigneur, pour y avoir fêté quelques victoires et achevé quelques ennemis.

Avant d'être Fianna, Coirrgend avait vu bien des guerres et tranché bien des têtes. Il avait le parler rude, le visage et le corps plus tailladés qu'un tronc d'arbre attaqué par la hache d'un bûcheron. Il ne craignait plus guère que la fureur de son chef.

Brion l'évalua d'un coup d'œil, et lui tendit la lance où était fiché l'étendard écarlate rayé de noir.

— Tu vas prendre le commandement, et mener, sans poser pied à terre, notre étendard jusque là-bas. Je vous rejoindrai dans quelques jours. J'ai promis nos services au roi des Ui Neill. En ces temps difficiles, il ne serait pas bon de manquer à notre parole.

Le lieutenant connaissait le chemin menant à la colline de Grianan, au nord de l'Irlande. Il se souvenait du dûn, le fort circulaire battu par les vents où aimaient à siéger les Ui Neill, des guerriers redoutables dont, jadis, il avait fait partie.

Visiblement, Coirrgend avait envie d'ajouter quelque chose, mais il hésitait à parler.

— Eh bien, je t'écoute, grogna le Balafré en s'apercevant du trouble de l'homme.

— Ce roi n'est-il pas proche du *ard-ri* Loegaire ?

— Ah c'est donc cela ! Tu crois donc que je vous envoie toi et mes hommes dans un guet-apens ?

— Non, non, seigneur ! protesta l'autre. Mais depuis que sur votre ordre, j'ai tué ce jeune druide à Tara...

— Tu n'es point tranquille, pourtant, si mes souvenirs sont bons, tu n'en es pas à ton premier cadavre, observa Brion en montant en selle.

— Jamais je n'avais porté la main sur un druide ! protesta Coirrgend. Toujours des guerriers en armes.

— Tu sembles oublier bien facilement les cadavres des druides d'Emain, mais rassure-toi, nous n'avons rien à craindre de Loegaire, ni de ses hommes. Tu oublies que pour lui, les seuls responsables de la mort de ce druide, sont les Ulaid. J'y ai veillé. Non, pour nous, les couleurs dont il faudra se défier sont celles des hommes du haut-druide Gwydion, et celles des Ulaid, à cause du bon temps que nous avons pris, toi et moi, à Emain Macha.

— Bien, acquiesça l'homme en revoyant en pensée l'effroyable tuerie du sanctuaire d'Emain.

Les druidesses qu'il avait passées par le fil de son arme, leurs visages, leurs grimaces de douleur, le brouhaha de leurs cris. Il n'aimait pas tuer des femmes. Son épée qui se levait encore et encore, cette impression de ruisseler du sang des autres, d'être invincible et puis, d'un coup, les bras qui refusent tout service, la lassitude, et ce voile rouge qui tombe devant les yeux avec la nausée, comme la nuit où Slanga et les siens avaient trouvé la mort.

— Plus d'autres questions ? le nargua Brion, comme s'il devinait ses pensées.

— Non, seigneur, plus de questions, il en sera fait comme vous l'avez demandé, répondit Coirrgend.

Il n'était pas dans l'habitude des Fianna de discuter les ordres de leur chef. D'autant que depuis le combat sur la grève, aucun d'eux n'avait oublié ce qu'il avait vu. Ne sachant plus très bien si leur chef était homme ou créature Fomoire.

— Si tu rencontres des Ulaid ou des hommes de Gwydion, reprit le Balafré d'un ton sinistre, pas de quartier !

— Pas de quartier !

L'homme de garde ramenait les provisions et l'eau demandée par Brion. Le Balafré attacha les sacs au troussequin et, sautant en selle, talonna sa monture, disparaissant bientôt dans la brume. Coirrgend fit demi-tour. Il obéirait, il avait toujours obéi. Et puis, il savait aussi qu'ils étaient allés trop loin, beaucoup trop loin pour attendre autre chose que la mort.

100

Deirdre n'était toujours pas revenue au campement, et le capitaine des gardes s'en inquiéta, ordonnant à ses hommes de l'attendre pendant qu'il partait à sa recherche.

Caier savait qu'il approchait de la cascade d'Ess na Larach. Les oiseaux s'étaient tus et le murmure de l'eau se faisait entendre, tout proche. Il allait bientôt déboucher sur les pierres plates qui bordaient la rivière. Revoir les bassins naturels où nageaient les cygnes. Il aimait cet endroit et se souvenait avec plaisir de la fois où il y avait conduit le haut-druide.

Il écarta de la main des branches qui gênaient sa marche, et sursauta. Devant lui, si proche qu'il n'avait qu'un pas à faire pour le toucher, se trouvait Forsui, appuyé sur son bâton d'if.

Le capitaine n'avait entendu ni froissement de feuilles ni pas, rien qui puisse lui signaler une présence humaine, ou même animale.

Il s'agenouilla avec respect devant l'enfant-homme, sur l'épaule duquel était lovée l'hermine de Deirdre.

— T'aurais-je surpris, vieux soldat ? (Un sourire malicieux se dessina sur les lèvres du druide.) Je crois que cela m'amuse toujours autant. Le bonjour, Caier, te voilà donc ici sans ton maître.

— Oui, ô druide. Je...

— Je sais qui tu cherches, mais tout est bien. Tu regagneras Tara demain, lui ordonna doucement l'enfant.

— Oui, ô druide. J'obéirai.

— Sans elle, poursuivit l'autre.

— Sans la druidesse, mais je suis respons...

— Dorénavant, tu n'es plus responsable que de tes hommes et de toi-même, Caier !

Le ton était sans réplique. Il n'y avait pas à résister. Même le haut-druide savait s'incliner devant la science de Forsui, alors lui, un simple guerrier, que pouvait-il dire ? Il acquiesça avec déférence.

— Bien, ô druide.

— Relève-toi maintenant, et salue Gwydion pour moi. Dis-lui aussi que les cygnes vont s'envoler vers les îles au nord du monde et que bientôt, il faudra faire de même.

Le soldat hocha la tête.

— Je le lui dirai.

— Conte-lui bien ce que tu as vu à Emain Macha, et que ses messagers le fassent savoir dans toute l'Irlande.

L'hermine glissa à terre, et fila se blottir au pied du soldat. Le temps qu'il la suive des yeux, puis relève la tête, il était seul, le druide avait disparu.

Le capitaine se pencha, ramassant à l'endroit où s'était tenu Forsui un fin duvet blanc, un duvet de cygne.

101

Brion avait chevauché jusqu'à la chaussée des Géants, évitant le dûn de Sobhairce, avant de lancer son cheval sur la voie menant à la baie de la Bann. Un endroit où, enfant, il venait pêcher les saumons alors qu'ils remontaient le long de la côte, vers l'Ouest pour frayer dans la rivière qui donnait son nom à la baie.

Là vivaient des pêcheurs. Des hommes capables de lui faire traverser la mer d'Irlande. Des marins qui le croyaient encore seigneur Dal Riata.

Sa décision était prise, il jetterait le glaive de Nuada dans les tourbillons de l'île aux phoques. Ensuite, il gagnerait l'Écosse.

Ainsi tout serait dit, jamais plus Loegaire, malgré l'appui de Gwydion et de ses guerriers, ne pourrait démontrer sa souveraineté sur les autres rois d'Irlande.

Le chaos viendrait, et la guerre. Inexorablement.

Le Balafré s'arrêta. Le vent soufflait de l'Ouest, courbant les herbes et les fleurs qui, en ce début de printemps, abondaient sur les falaises. La pluie avait cessé, et le paysage détrempé miroitait sous le soleil.

De là où il se tenait, il apercevait le petit village en contrebas, et en face, cerné par d'énormes remous, un gigantesque rocher relié à la rive par un frêle pont de corde.

Au large, très distincte, l'île aux phoques, masse grise couronnée d'oiseaux de mer.

Un bruit attira son attention.

Un jeune garçon, poussant devant lui un troupeau de moutons, descendait le chemin muletier menant au village. Une vingtaine de maisons de bois et de torchis, serrées les unes contre les autres, à l'abri des vents et de la fureur des flots.

Un peu partout, sur de longues perches, séchaient des filets et des voiles. Les curraghs, des bateaux capables d'affronter la haute mer, étaient retournés sur des cales, la coque en l'air. Quant aux hommes du village, ils s'affairaient autour de deux grands fours construits à même la grève. Les tempêtes d'hiver avaient arraché des milliers d'algues des profondeurs marines et la plage en était noire.

Les femmes les ramassaient à la fourche, tandis que les hommes allaient et venaient entre elles et les fours, de gros balluchons emplis de varech en équilibre sur leurs épaules, fabriquant des blocs de soude.

Le Balafré sauta à terre et, tenant son destrier par la bride, se dirigea vers l'étroit chemin caillouteux, à la suite du berger et de ses bêtes.

102

Depuis qu'ils avaient quitté le crannog en flammes, Eogan et Fergus avaient pisté, non sans difficulté, Brion et ses hommes.

— Et moi qui pensais que nous les rejoindrions facilement ! s'exclama soudain le Rouge avec colère. Deux jours que nous piétinons derrière lui comme des aveugles. Deux jours qu'il fait ce qu'il veut de nous.

— Je vais finir par croire qu'il est plus malin que nous autres, repartit sombrement Eogan en se relevant de la terre où il s'était agenouillé, et en remontant en selle. Il a brouillé ses pistes jusqu'à hier. Juste assez, en tout cas, pour nous retarder, mais pas pour nous perdre totalement.

— En tout cas, depuis leur bivouac de cette nuit, ils ont changé de direction. On dirait qu'ils chevauchent vers le Nord.

— Oui, peut-être remontent-ils vers le Grianan of Aleach.

— Ce serait se jeter dans la gueule du loup !

— Pas forcément, repartit Eogan. Pour l'instant, ses vrais ennemis sont les guerriers Ulaid, pas les Ui Neill. Pas encore. Rien ne prouve qu'il est responsable du vol du glaive sacré et du meurtre du druide de Tara, ne l'oublie pas. De plus, hormis Gwydion, Loegaire et de rares druides, je ne crois pas que quiconque sache ce qui est arrivé à l'épée de Lumière.

— Tu as raison. Es-tu bien sûr que ce sont toujours leurs empreintes ?

— Oui, il y a parmi eux, et cela depuis leur départ

du crannog, tu l'as vu toi aussi, un cheval dont le fer est entaillé. En tout cas, crois-moi, ces empreintes-là sont fraîches, ils n'ont plus beaucoup d'avance sur nous et ce n'est pas le moment de nous laisser distancer. Allons-y !

103

Eogan tendit le bras, désignant une troupe de cavaliers qui s'éloignait, loin devant eux, à l'horizon. Ils prirent le galop. Porté par le vent, le roulement des tambours de guerre leur parvenait encore, avant de se taire tout à fait.

Au-dessus de la lande, se rassemblaient lentement des rapaces.

Des corbeaux s'envolèrent à leur approche, se posant un peu plus loin, se dandinant en les observant, avant de voler à nouveau vers le charnier.

— Par Cuchulainn, nous arrivons trop tard ! s'écria le Rouge.

Partout des corps, des armes souillées de sang, des membres et des têtes coupés. Et la plainte du vent d'Ouest qui gémissait en frôlant la terre.

Les vainqueurs avaient emmené les destriers des vaincus. Au bout d'une lance, fichée dans le sol en plein milieu du champ de bataille, flottait encore l'étendard écarlate rayé de noir de Brion le Balafré.

Eogan et Fergus se laissèrent glisser à terre, attachant leurs montures à la fourche d'un arbre mort. S'avançant lentement au milieu des corps.

Il régnait sur la lande ce silence si particulier d'après la bataille, cet engourdissement terrible de toute chose, juste rompu par la lamentation de l'air et l'appel des aigles au-dessus de leurs têtes.

— Celui-là vient de mourir, remarqua Fergus en s'agenouillant près d'un guerrier.

— Il faut trouver le Balafré. Et vite ! S'il n'est pas parmi eux, nous prendrons en chasse ces cavaliers. Peut-être l'ont-ils fait prisonnier.

Et sans se concerter, les deux hommes se séparèrent, partant chacun de leur côté, faisant de grands moulinets de leur épée pour chasser les corbeaux qui s'obstinaient, malgré leur présence, à se poser sur les cadavres, déchiquetant voracement les visages et les plaies.

C'est un infime mouvement qui attira l'attention d'Eogan. Plusieurs combattants, membres mêlés, crânes fracassés, s'étaient effondrés non loin de l'étendard.

Le jeune druide s'approcha, cherchant ce qui avait bougé. Mais rien. Il ne voyait que ces corps sanglants tombés les uns sur les autres. Et puis, à nouveau, quelque chose se passa. Un doigt qui se recroquevillait, là, en dessous... Un corps immobilisé par le poids des autres.

— Fergus ! appela Eogan, en se penchant pour dégager l'homme. Il y en a un de vivant. Aide-moi !

Le rouquin arriva en courant et à eux deux, ils eurent tôt fait de sortir le blessé. Ils le portèrent avec précaution à l'écart, l'adossant à une roche. L'homme respirait encore, mais une large blessure lui avait ouvert le torse, et son visage virait au gris.

Fergus fit la grimace en voyant l'étendue de la plaie. Un filet de sang sortait d'entre les lèvres mi-closes de l'homme. Il balbutiait des mots sans suite.

— Nous n'en tirerons pas grand-chose, observa le Rouge.

— Attends, je vais chercher ce qu'il nous faut dans ma sacoche, dit Eogan en se relevant. Maintiens-lui la tête, il étouffe. Il se noie dans son propre sang.

Le jeune homme revint vite, avec une petite bourse de cuir, où il préleva une pincée de poudre brune qu'il saupoudra sur la blessure.

Au bout de ce qui leur parut être un long moment, le blessé exhala un profond soupir, et ouvrit les yeux, remuant les lèvres sans qu'aucun son n'en sorte. Enfin, il murmura si bas que les deux amis eurent du mal à saisir ce qu'il demandait :

— À boire, de l'eau...

— Tu ne dois pas boire, rétorqua Eogan avec fermeté, boire te tuerait. Ce que je t'ai fait va te soulager pendant un moment.

À la vue de ceux qui se penchaient au-dessus de lui, les yeux de l'autre s'agrandirent, il cria presque, les yeux agrandis d'effroi :

— Des druides ! Des druides !

— Oui, des druides, et nous sommes là pour te soigner, dit Fergus d'une voix apaisante. Tu n'as rien à craindre de nous. Qui sont ceux qui vous ont attaqués ?

L'homme parut se rasséréner un peu. Une faible rougeur colorait ses joues, il respirait un peu mieux.

— Les Ulaid, marmonna-t-il.

— Où est le Balafré ? Ils l'ont fait prisonnier ?

L'homme secoua la tête.

— Non, il était pas avec nous, souffla-t-il... Pourtant, j'ai tué un druide à Tara.

— Il n'était pas avec vous ? continua Eogan, sans paraître entendre la dernière partie de la phrase.

Celui-là mourrait dans peu de temps, il le savait, et tous ses soins n'y pourraient rien. L'effet de la poudre allait bientôt se dissiper, et alors...

— ... ordonné de nous rendre au Grianan of Aleach, répondait le blessé. Lui, est parti vers le soleil couchant.

— Où est-il, tu le sais ?

— Non... Alba, peut-être, plus d'autre endroit où aller... Emain Macha... Nous avons tué, encore et encore, comme la nuit de Slanga...

— Que dis-tu ? s'écria Fergus.

— Slanga nous avait accueillis à son campement. Nous avons égorgé ses hommes pendant leur sommeil, lui, nous l'avons laissé attaché à l'arbre... (L'homme avala sa salive avec difficulté, il semblait à nouveau épuisé, et le peu de couleurs qui étaient revenues à ses joues avaient disparu). Blessé, mais vivant... Je pense souvent... C'était un guerrier...

Une mousse rosâtre monta à ses lèvres. Il toussa, du sang coula sur sa poitrine.

Fergus et Eogan se regardèrent. C'était la fin.

— Quel est ton nom ? demanda Eogan.

— Coirrgend, fit l'homme tandis que ses yeux s'agrandissaient d'horreur. La Bé Dannann, elle approche, là ! Là, elle vient me cherch...

Une silhouette blême était apparue, son bras se leva, désignant Coirrgend. La tête de l'homme retomba, il était mort.

104

Deux jours que le vent était tombé. Que les pêcheurs, malgré la crainte que le Balafré leur inspirait, refusaient de mettre une embarcation à l'eau.

Le chef du village, un jeune gars vigoureux, avait expliqué que sans l'aide de la voile, ils ne passeraient pas les tourbillons au large de l'île aux phoques. Les rames seules étaient impuissantes dans cet endroit terrible que traversaient de forts courants marins. Nombre d'hommes y avaient perdu la vie pour l'avoir oublié.

Depuis son arrivée à la baie de la Bann, Brion allait et venait comme un ours en cage, cassant tout sur son passage, effrayant les femmes et les enfants par ses hurlements de bête. Il était un seigneur, et les villageois l'avaient accueilli selon les règles. Il avait été logé dans une des cabanes, nourri, son cheval pansé, mais les femmes se cachaient, et les pêcheurs, méfiants, ne cessaient de le surveiller.

Ce matin-là, pourtant, il était sorti de bonne heure, l'étui de cuir rouge, dont il ne se séparait jamais, à son épaule, son épée au baudrier, marchant jusqu'à la limite des vagues, guettant le soleil qui se levait derrière l'île.

Le ciel avait des reflets rouges. Dans la mer, jouaient des dauphins et des phoques. Et toujours pas de vent, pas un souffle. L'océan était plus lisse que la paume de sa main.

Le Balafré se pencha, et ramassa une énorme pierre à ses pieds. Il la lança en jurant, le plus fort qu'il put vers le ciel, la regardant décrire une large courbe avant de retomber à la surface de l'eau et de s'y enfoncer.

À ce moment précis, il n'aurait su dire comment ni pourquoi, mais quelque chose changea.

Ce fut tout d'abord imperceptible comme une brise qui se lève, un murmure, puis des nuages noirs apparurent dans le ciel.

Quelques-uns d'abord, puis de nombreux autres, jusqu'à ce que le ciel tout entier perde les couleurs de l'aube et que les lointaines falaises d'Écosse disparaissent à la vue. Alors, avec un long gémissement, le vent d'Ouest se leva.

Les nuées se massaient au-dessus de la baie et de l'île. Les mouettes fuyaient vers l'intérieur des terres et même les dauphins et les phoques gris avaient déserté les parages, regagnant la haute mer.

Fasciné par l'orage qui s'annonçait, le Balafré ne remarqua pas les deux silhouettes qui venaient lentement vers lui. Un homme et un enfant.

L'homme fit signe à l'enfant d'aller s'abriter au pied de la falaise, puis il poursuivit son chemin vers le Balafré.

Il était de petite taille, brun et aiguisé comme une lame. On disait de lui qu'il avait été druide, mais qu'il avait choisi l'errance et la guerre. Il ne portait jamais d'épée, mais plusieurs coutels, dont un, forgé disait-on, par un magicien d'Écosse. Un fer brillant, et qui lui avait donné son surnom : Oengus à la lame d'argent.

105

— Brion ! Brion, appela la voix.

Une voix que le Balafré ne voulut pas reconnaître. Il se retourna lentement, écarquillant les yeux devant celui qu'il croyait avoir laissé pour mort, baignant dans son sang, sur la grève, là-bas, à Murlough.

— Tu avais raison, Brion, je n'ai jamais été l'un des tiens, déclara Oengus. Pourtant, j'ai essayé, le Dagda en soit témoin, j'ai essayé. Où est le glaive de Nuada, Brion ?

Le Balafré essaya de rire, mais n'y parvenant pas, il grinça :

— Tu arrives trop tard, je m'en suis débarrassé !
— Tu mens ! fis Oengus en levant le bras.

À ce geste, une rafale de vent et de sable frappa le Balafré de plein fouet. Puis une autre, plus violente que la charge d'un sanglier. Il tituba, et tomba à genoux, ses yeux pleins de sable se remplissant de larmes. Une nouvelle rafale le frappa, l'envoyant rouler sur le sol quelques pas plus loin. Enfin, le vent se calma d'un coup.

— Où est le glaive de Nuada, Brion ? demanda à nouveau Oengus.

L'autre se releva, et saisissant l'archais de cuir rouge, le brandit au-dessus de sa tête.

— Il est là, Oengus, viens le chercher !

— Non.

— Tu as peur ?

— Il n'est plus temps pour moi, mais pour toi d'avoir peur, Brion, pose-le devant toi. Et peut-être t'épargnerai-je !

Le Balafré balança l'étui loin derrière lui, hors de portée du druide.

— Jamais ! fit-il en sortant son épée. M'épargner, moi ! Il faudrait encore que tu puisses me vaincre !

— Tu n'as pas bien compris ! fit simplement Oengus en levant les bras vers les nuées orageuses.

Un éclair zébra les nuages, puis un autre, illuminant la plage d'une lueur blafarde. Le ciel était devenu si noir que même le jour semblait mort. Un coup de tonnerre éclata, tout proche.

L'air crépitait, parcouru de myriades d'étincelles. Brion poussa un formidable rugissement et hurla, malgré le vent qui le cinglait :

— Tu ne me fais pas peur, Oengus ! Je t'ai déjà tué, je te tuerai encore !

Et il marcha d'un pas décidé vers le druide, l'arme haute.

C'est alors que devant Oengus apparut une boule de feu incandescente qui flottait au-dessus du sol et soudain, glissa avec un singulier sifflement vers le Balafré. Elle allait plus vite qu'un cheval au galop.

Les yeux écarquillés, son épée dirigée vers l'apparition lumineuse, Brion s'immobilisa, s'arc-boutant pour mieux résister à ce nouvel adversaire.

Mais on n'affronte pas le feu du ciel.

La sphère dorée, parcourue de poussières lumineuses, agitée d'éclairs intérieurs, le heurta de plein fouet, puis se volatilisa aussi vite qu'elle était apparue.

Le cadavre noirci du Balafré bascula sur le sol, et une terrible odeur de chair brûlée monta. Tout autour de lui, le sable avait pris une vilaine teinte charbonneuse.

Murmurant une nouvelle incantation, Oengus, baissa les bras et, lentement, les nuages se dissipèrent. L'orage se tut.

La lumière du soleil éclairait à nouveau le monde.

Une pluie fine tomba sur toute chose, et le druide

renversa la tête en arrière, buvant avec avidité l'eau qui frappait son visage.

Derrière lui, des pêcheurs, qui avaient vu s'effondrer le Balafré, accouraient du village, l'enfant muet derrière eux, filant de toute la force de ses petites jambes.

Oengus marcha jusqu'aux restes de Brion. Les traits tirés par une immense fatigue, des cernes noirs soulignant le gris de ses yeux, il contempla en silence la forme recroquevillée à ses pieds, avant de continuer son chemin jusqu'à l'étui de cuir rouge qu'il ramassa avec d'infinies précautions.

Il ouvrit l'archais, regardant le glaive dont la garde dépassait du tissu de lin blanc.

Il avait longtemps pensé ramener l'épée de Nuada à Tara, mais un songe lui était venu alors qu'il était dans la grotte avec Ned.

Un songe étrange, où il revoyait les lieux de son initiation à Alba et le magicien qui avait forgé Ullerin, son poignard. Il voyait l'enfant muet à ses côtés et l'archais de cuir rouge qu'il portait à l'épaule. De ce moment, il décida de retourner en Écosse et d'emmener avec lui cet enfant qui le suivait jusque dans ses rêves.

106

Il n'y avait qu'un lieu où le Balafré pouvait s'embarquer pour l'Écosse, c'était la baie de la Bann, en face de l'île aux phoques.

Fergus et Eogan chevauchèrent donc jusque là-bas. Ils arrivaient sur la falaise qui surplombait le village quand ils virent un curragh s'éloigner de la rive, à la rame.

La mer était calme, le ciel d'un bleu de lin, et pas un souffle de vent ne gonflait la voile de la petite embarcation.

— C'est Oengus ! s'exclama Eogan en reconnaissant la mince silhouette arc-boutée sur les rames.

— Oui, on dirait. Il est avec un enfant. Mais où est donc le Balafré ?

— Viens, il faut que nous rattrapions cet homme ! Il s'est trop de fois trouvé sur notre chemin.

Et, faisant voler les cailloux sous les fers de leurs destriers, ils s'engagèrent sur la sente abrupte qui descendait au village. La petite embarcation à la coque de cuir tanné s'éloignait lentement, très lentement du rivage.

À peine arrivés près des maisons, les cavaliers se trouvèrent encerclés par les villageois. Ils parlaient tous en même temps, leur contant les exploits d'Oengus, la boule de feu, l'orage, la lumière qui délaisse le monde... Les entraînant vers les restes carbonisés du Balafré.

Jamais ni Eogan ni Fergus n'avait vu un cadavre comme celui-là, affreusement noirci et racorni. Le Balafré n'était plus qu'une ombre difforme et ténébreuse.

Ils restèrent un long moment silencieux à le contempler, puis d'un geste, Fergus enfonça dans le sable l'épée qu'il avait arrachée du cadavre du druide Cetal à Emain Macha.

— Slanga et bien d'autres sont vengés, mais je n'imaginais pas la lui rendre ainsi, murmura-t-il en se reculant.

— La harpe te va mieux que le fer, répondit Eogan en entraînant son ami vers la lisière des vagues.

Le curragh était encore tout proche. Il voyait presque le visage de l'ancien druide et celui du jeune garçon qui l'accompagnait. Les détails de leurs vêtements, et l'étui de cuir rouge qu'Oengus portait à l'épaule.

— Ainsi donc, il a fini par tuer celui qu'il accompagnait depuis si longtemps. Regarde, on dirait qu'il nous salue ! remarqua Fergus.

Oengus s'était levé, abandonnant les rames, se tournant un bref instant, esquissant un geste vers eux, avant de se placer debout avec l'enfant, à l'arrière de la barque.

— Le vent est tombé, il ne pourra pas passer, prophétisa l'un des pêcheurs qui les avait rejoints et observait la petite embarcation. Pourquoi a-t-il abandonné ses rames ? Le courant va nous les ramener, ou il va les entraîner vers les tourbillons du cap Rue.

Mais soudain, alors qu'aucun souffle d'air ne ridait la surface des eaux, la voile du curragh se gonfla d'un coup, et la proue du bateau se tourna à nouveau vers l'île aux phoques et vers le large.

La mer restait calme, huileuse, et sur les falaises abruptes qui tombaient dans l'océan s'accrochaient des herbes folles que nulle brise ne faisait frémir.

À cette vue, un murmure d'effroi secoua les villageois. Les femmes entraînèrent leurs petits, se réfugiant derrière l'abri de leurs volets clos. Les hommes se dispersèrent craintivement, abandonnant Fergus et Eogan sur la plage.

Le curragh dépassa l'île, escorté par des nuées d'oiseaux de mer, avant de s'orienter plein est, vers les grèves d'Écosse.

107

« Les rêves sont les rêves, ils vous portent où ils veulent d'un lieu à l'autre, d'une vie à l'autre, de celle de l'homme à celle de la bête.

Je suis corbeau au-dessus de la mer, corbeau au-dessus des falaises... »

Eogan ouvrit les yeux d'un coup. Son bras pendait par-dessus le plat-bord du curragh. Il avait le corps trempé d'embruns, et sur les lèvres, un goût de sel. Une forte odeur de suint de mouton montait de la coque de cuir tannée et des membrures de bois d'aulne.

Autour de lui, la masse grise et opaque du brouillard, le clapotis des vagues et la résonance des voix de Fergus et du marin, là tout près de lui, à l'avant.

Il les voyait à peine, tant le brouillard était épais, les cernant de partout. Une nuit déjà qu'ils étaient en mer. Le vent qui les avait accompagnés était tombé, laissant le bateau épouser le mouvement lent des vagues.

Fergus le rejoignit.

— Notre homme ne sait plus où nous sommes. Il pense que nous tournons en rond.

Eogan haussa les épaules. Depuis le départ d'Oengus, il était indifférent à tout. Il avait l'impression d'avoir échoué. C'était lui qui aurait dû tuer Brion et non l'ancien druide.

Fergus insista :

— Tu penses encore à Oengus et au glaive ? Je suis sûr qu'il l'a pris. Ce que m'ont dit les villageois le confirme. L'étui de cuir rouge que nous avons remarqué à son épaule était celui dont le Balafré ne se séparait jamais. Rappelle-toi, nous l'avons même vu avec, quand il nous a arrêtés au gué. Et je ne vois pas pourquoi Oengus s'embarrasserait d'un archais ayant appartenu à Brion, sauf s'il renferme l'épée de Lumière.

— Mais nous, Fergus ! Nous qui devions la récupérer et la ramener vers les îles au Nord du Monde ! Nous qui devions vaincre le Balafré !

— Sans doute n'étions-nous ni assez sages ni assez fous pour cela. Oengus a été choisi, Eogan. Sans cela, crois-tu qu'en ce moment même, nous serions sans vent, dans le brouillard, sans plus aucun espoir de le rattraper, alors que pour lui le vent souffle ?

— Peut-être as-tu raison, mais pourquoi partir alors, pourquoi ne pas rester en Irlande ?

— Tu as oublié notre initiation à Alba, et le chemin que tu dois suivre, le chemin de ton rêve. Tu sais maintenant que ta vraie mère était druidesse, mais il te reste encore bien des choses à apprendre. Tu ne sais pas même quel était ton clan, ni le nom de ton père.

Eogan hocha la tête.

— Ni le nom de celui qui a condamné ma mère et que je retrouverai ! Je me le suis juré. Tu as raison, bien sûr. Mais je voudrais vraiment que notre chemin croise à nouveau celui d'Oeng...

— Oublie ça.

Un sourire éclaira soudain le visage rougi par le froid de Fergus.

— Il paraît que ce sont des magiciennes qui initient à la guerre et à l'usage des armes, des magiciennes...

Le jeune homme s'interrompit. Le marin venait de les rejoindre, leur montrant du doigt, une faible lueur transperçant le brouillard.

— Le jour se lève, ô druides, et la brume se dissipe.

— Sais-tu où nous sommes ?

— Non. Mais il nous reste une chance. Si la terre n'est pas trop loin, je connais un guide qui saura nous montrer la voie à suivre, fit l'homme. Je ne pars jamais sans lui. Nombre de fois, il m'a sauvé la vie.

— Un guide ? interrogea Eogan.

— Oui, fit l'homme en brandissant une cage couverte de linge. Lui est mon guide !

Il ôta le tissu et ouvrit la porte de la cage. L'œil rond d'un corbeau les observait à travers les barreaux. L'oiseau ébouriffa ses plumes noires, les lissa un moment de son bec sombre et posant ses deux pattes bien à plat sur le rebord de sa prison, s'envola.

Il tourna un long moment en rond au-dessus du curragh, comme s'il hésitait, puis d'un coup, alors que la brume se dissipait davantage, il prit de la hauteur et piqua droit devant lui.

Le marin empoigna les rames, orientant la proue dans la direction prise par l'oiseau, le vent se levait.

Au loin, dans une trouée, apparaissait une ligne blanche soulignant le gris de la mer, les falaises d'Alba étaient proches.

ÉPILOGUE

« On brisera quiconque est intelligent.
Chaque roi sera pauvre.
Tout ce qui est noble sera méprisé,
Tout ce qui est servile sera élevé (...) »

Imacallam in da Thuaraid
Le dialogue des deux sages.
Traduction Christian-J. Guyonvarc'h

Cette nuit-là, alors qu'Eogan et Fergus abordaient aux rives d'Écosse, Gwydion vit apparaître en songe le glaive de Lumière. La face anguleuse aux yeux vides de Nuada. Le visage sans nez et sans oreilles, surmonté d'une couronne, irradiait d'une clarté diffuse. Pour la première fois depuis qu'elle avait été dérobée de Tara, l'épée parlait à nouveau.

Le songe devint soudain d'une étonnante acuité.

Gwydion était corbeau, il survolait une falaise, remontant lentement vers une lande parsemée de roches noires où scintillait la lueur jaune d'un feu qu'attisait le vent. Des escarbilles tourbillonnaient dans la nuit. Une lune pâle au-dessus du monde, la clarté des flammes éclairant la silhouette endormie d'un enfant, roulé dans une couverture.

Mais l'enfant n'était pas seul, un homme se tenait assis en tailleur en face de lui, le glaive de Nuada posé sur ses genoux, perdu dans sa contemplation. Un homme dont Gwydion n'arrivait pas à discerner les traits. Un homme pourtant, qu'il était sûr de connaître.

Gwydion voulut s'approcher davantage, mais sa vision se brisa, laissant place à celle d'un immense charnier, à des milliers de cadavres que survolaient des charognards.

Un moment, le druide essaya d'émerger de son rêve. Mais non, il était toujours pris dans ses liens, dans la brume du sommeil.

Il voyait maintenant l'océan bouillonnant autour des falaises d'Irlande. Un coracle fuyant devant la tempête. L'homme debout à l'avant se nommait Patrick. *« ... une tête rasée sur la mer rude, un manteau percé en haut, un bâton recourbé au sommet. »*

Le monde allait changer. Le monde était spirale. Et eux, les druides, les sacrés, n'échapperaient pas à ce qui devait être.

Pour la seconde fois, en se réveillant ce matin-là, Gwydion sentit une immense lassitude l'envahir. Eogan et Fergus avaient échoué, un autre avait pris le glaive, un paria, un errant, un homme dangereux.

Le druide se leva avec difficulté, s'appuyant lourdement sur sa canne, pour marcher jusqu'à la porte du palais. Un rayon de soleil perçait le ciel gris, baignant d'une clarté de l'Autre Monde la colline où se dressait Lia Fail, la pierre de royauté.

Un nouveau jour se levait sur Tara.

Les serviteurs s'empressèrent autour de leur maître qui les chassa d'une main impatiente, ordonnant que Lucat Mael et Lochru le rejoignent immédiatement.

Les derniers talismans des Tuatha de Danann devaient quitter Tara. Ils partiraient vers les îles au Nord du Monde. Falias, Goirias, Murias et Findias.

Quatre îles, quatre villes, quatre druides. De là venaient Lia Fail, la lance de Lug, le glaive de Nuada, le chaudron et la massue du Dagda... Les quatre îles cernées de flots gelés, lieux de tous les savoirs.

Pour la seconde fois, ce matin-là, alors qu'il sentait son sang se glacer dans ses veines, Gwydion évoqua le Sid, le royaume par-delà les mers où tous, enfin, seraient en paix.

Mag Meld, Mag Mor, Tir na mBân, Tir na mBéo, Tir na nOg : Plaine du plaisir, Grande Plaine, Terre des Femmes, Terres des Vivants, Terre des Jeunes...

Petit lexique à l'usage du lecteur

Aes dana : gens d'art, les artisans, les hommes détenant le savoir manuel.

Alba : nom gaélique de l'Écosse

Archais : étui où l'on range l'arc et les cordes de rechange.

Ard-ri : haut roi d'Irlande, ou roi suprême.

Bandrui : druidesse, littéralement femme druide.

Bé Danann : littéralement femme de Dana, messagère du Sid.

Belteine : fête du feu, sacerdotale, ayant lieu début mai.

Bollsaire : maréchal de la maison.

Boyne : fleuve dont le nom vient de Boand, autre nom de Brigit, la femme d'Elcmar (voir annexe suivante sur : Les grandes figures des récits irlandais).

Buan : bon, mais aussi avec le sens de persévérant, têtu.

Connachta : province du Connaught.

Cruachain : (Rathcroghan aujourd'hui) chef-lieu de la province du Connaught. Sa reine légendaire était la reine Medb.

Cruth : harpe, d'où le nom de cruitire, des druides-musiciens.

Cymru : Pays de Galles.

Dûn : fort, forteresse, enceinte fortifiée.

Emain Macha : résidence du roi d'Ulster, actuellement Navan Fort près d'Armagh.

Eriu : Irlande, en irlandais ancien, ensuite Eirin, puis actuellement Eire.

Fandall ou Fanall : hirondelle.

File, pluriel **filid :** druide-poète, pratiquant magie et divination, ayant accès à l'écriture.

Geis, pluriel **geasa :** interdit druidique.

Gentraiges : refrain du sourire.

Goltraiges : refrain de la tristesse.

Gwydion : savant en gallois, nom d'un personnage légendaire des Mabinogi.

Île des baleines : surnom d'une des îles Orcades.

Mona : nom ancien de l'île d'Anglesey. Tacite y plaçait un grand sanctuaire druidique détruit par l'armée romaine.

Ogam : écriture irlandaise, constituée de lettres et de traits. Liée à Ogme, le dieu de l'éloquence.

Recht aicnid : loi, ou droit de nature. Loi en vigueur avant l'arrivée du christianisme.

Shannon : fleuve dont le nom irlandais est Sinand.

Sid, pluriel **side :** nom de l'Autre Monde, signifiant paix.

Suantraiges : refrain du sommeil.

Taman : tronc d'arbre, ou bâton. Par extension, tête dure, bloc de bois.

Tech Midchuarta : la maison du Milieu, lieu dans lequel le roi de Tara donnait son festin.

Tuatha : tribu.

Ullerin : « qui conduit dans Eirin », étoile qu'utilisaient les marins venant des îles Hébrides et s'en retournant vers l'Ulster.

Noms d'incantations citées dans le livre

Glam Dicinn : ou malédiction suprême, incantation de destruction et de mort.

Teinm Laegda : illumination par le chant.

Imbas Forosnai : science qui illumine.

Quelques végétaux cités dans le livre

Anmanna in argedlaim : noms de la main d'argent, l'orpiment.

Belenountia : jusquiame.

Buafallan liath : armoise grise.

Blutthagio : plante des lieux humides.

Gum croinn : gomme d'arbre.

Ioubaron : variété d'ellébore.

Korna : variété de pavot.

Raith : variété de fougère.

Scobilo : morelle noire.

Thona : chélidoine.

Les grandes figures des récits irlandais

Conchobar Mac Nessa : roi mythique d'Ulster. Fils du druide Cathbad et de la reine Ness. Il a plusieurs fils dont Cuchulainn. Conchobar est aussi le nom d'une rivière dans laquelle on le baigne.

Cuchulainn : littéralement « chien de Culann ». Fils du dieu Lug et d'Eithne. Sur terre, fils de Conchobar Mac Nessa et de sa sœur Deichtire. Son père putatif est Sualtam, son père adoptif Amorgen, le poète. Ces quatre filiations en font le héros de toute l'Ulster. Il combattra la reine Medb.

Dagda : littéralement dieu bon ou très divin, dieu druide. C'est après Lug, le dieu le plus important du panthéon irlandais. Il a pour fille Brigit, qui sous le nom de Boand est mariée à son frère Elcmar (autre nom d'Ogme). Il a pour fils Oengus.

Diancecht : dieu médecin des Tuatha de Danann.

Fintan : personnage mythique, druide primordial opérant la division de l'Irlande en cinq royaumes.

Fomoire : race ennemie mythique de l'Irlande.

Forsui : très grand sage

Dépeints comme physiquement horribles, difformes et méchants.

Gobniu : forgeron des Tuatha de Danann. Dieu des artisans du métal.

Kieran : ou saint Ciaran : natif de Roscommon, reçut l'enseignement de saint Finnian, puis celui de saint Enda, à Inishmore, dans l'île d'Aran. Crée en 545, un des plus fameux monastères d'Irlande, celui de Clonmacnoise, devenu nécropole des rois du Connaught et de Tara.

Loegaire : roi suprême d'Eriu, roi de Tara et du royaume du Meath, descendant de Niall Nôigiallach, Niall des Neuf Otages.

Lug : dieu suprême et roi mythique de l'Irlande, chef des Tuatha de Danann. Le sens de son nom est lumineux, c'est un dieu solaire.

Mogh Ruith : littéralement serviteur de la roue. Druide mythique.

Niall Nôigiallach, Niall des Neuf Otages : roi d'Irlande.

Nuada Airgetlam, Nuada au Bras d'Argent : roi mythique, mutilé, il retrouve son pouvoir après la greffe d'un bras d'argent par Diancecht.

Ogme : dieu lieur, maître de la guerre, de la magie, de l'éloquence, de l'écriture.

Patrick : ou saint Patrick : patron de l'Irlande, étudia le christianisme dans le sud de la France. Revenu en 432 pour convertir les Irlandais, il arrive près de Saul, après avoir remonté la Slaney. Il convertit le chef local Dichu qui lui donne une grange dont il fera sa première église. Meurt en 461. On le dit enterré à Downpatrick.

Tuatha de Danann : littéralement tribu de la déesse Dana, divinités préchrétiennes et peuplement mythique de l'Irlande. Les talismans qu'ils laissent aux hommes sont la lance du dieu Lug, le dieu suprême ; l'épée de Nuada, le glaive de Lumière, emblème du pouvoir royal ; le chaudron et la massue du Dagda, symbole d'abondance et Lia Fail, la pierre de destin, celle qui crie quand le roi suprême la touche.

Bibliographie à l'usage du lecteur

— **Les Celtes.** Collectif. Éditions Stock. 1997.

— **Les Celtes et la civilisation celtique.** (T1) Jusqu'à l'époque de la Tène. (T2) Depuis l'époque de la Tène. Henri Hubert. Albin Michel.

— **Les druides.** Miranda Green. Éditions Errance.

— **Les mythes celtes. La Déesse Blanche.** Robert Graves. Éditions du Rocher.

— **Les druides.** Françoise Le Roux et Christian-J. Guyonvarc'h, Rennes 1978. Ogam Celticum

— **Le dialogue des deux sages.** Christian-J. Guyonvarc'h. Bibliothèque scientifique Payot.

— **Magie, médecine et divination chez les Celtes.** Christian-J. Guyonvarc'h. Bibliothèque scientifique Payot.

— **Les fêtes celtiques.** Françoise Le Roux et Christian-J. Guyonvarc'h. Éditions Ouest-France Université. « De mémoire d'homme : l'histoire ».

— **Les Celtes.** Venceslas Kruta. Histoire et dictionnaire. Collection Bouquins, Éditions Robert Laffont.

— **The Celts.** Nora Chadwick. Penguin Books.

— **Irish Kings and High-Kings.** Francis John Byrne. Batsford.

— **Celtic Heritage.** Alwyn Rees and Brinley Rees. Thames and Hudson.

— **Ossian**, Saga des hautes terres, recueillie par James Mac Pherson. Éditions Libres. Hallier.

IMPRIMÉ EN ESPAGNE PAR LIBERDÚPLEX
Barcelone
Dépôt légal : 48589 - 06/2004
ISBN : 2 - 7024 - 9761 - 6
Édition: 02